# L'Anglais au bureau

# CORINNE TOUATI

# L'ANGLAIS AU BUREAU

Le Livre de Poche

À Benjamin, Allison et Jessica.

*O, learn to read what silent love hath writ:*
*To hear with eyes belongs to love's fine wit.*

SHAKESPEARE, *Sonnet 23.*

(Apprends à lire ce que l'amour en silence a écrit :
Entendre avec ses yeux fait partie de la finesse du cœur.)

© Librairie Générale Française, 2004.

ISBN : 978-2-253-13039-0 – 1re publication LGF

# Sommaire

# Points de grammaire

# Présentation et mode d'emploi

Aujourd'hui, l'anglais est devenu incontournable dans la vie professionnelle. Que vous soyez assistante, commercial ou chef de service, vous avez tous été confrontés à un interlocuteur anglophone ou amenés à participer à une réunion en anglais.

Et là, vous avez pris conscience que l'anglais que vous avez appris à l'école est insuffisant.

En tant que professeur d'anglais spécialisée dans la formation pour adultes, j'ai pensé qu'il serait utile de proposer dans un même ouvrage l'anglais indispensable pour comprendre et se faire comprendre dans toutes les situations professionnelles. Ce livre est donc le fruit de mon expérience acquise auprès de professionnels rencontrant des difficultés pour s'exprimer en anglais.

J'ai regroupé dans ces pages l'ensemble du vocabulaire nécessaire pour enrichir, réviser et maîtriser l'anglais au bureau : écrire un CV, prendre un rendez-vous, négocier un contrat, vendre un produit ou tout autre aspect de la vie professionnelle. Bref, 60 situations courantes que vous aurez un jour à affronter en anglais et qui couvrent l'ensemble de vos besoins.

Chaque situation est consacrée à un thème précis et se compose de six parties :
• **le vocabulaire** usuel et pratique du monde professionnel ;
• **les situations de communication** utilisant le vocabulaire étudié dans des phrases simples, courantes et efficaces ;
• **l'application**, petit exercice d'entraînement pour s'assurer que le vocabulaire a été bien acquis ;
• **un point de grammaire essentiel**, toujours en rapport avec le contexte professionnel ;
• **un exercice de grammaire** afin de vérifier que la notion de grammaire a été assimilée ;
• enfin, **les expressions et proverbes**, partie qui regroupe des expressions clés et des informations de civilisation (👁). Les Anglo-Saxons appréciant l'humour, on y trouvera aussi des devinettes (🔆), des proverbes, des citations et des plaisanteries (🔆) en rapport avec le thème traité, ce qui ajoute une note ludique à l'ouvrage. Ces éléments vous seront très utiles lors de négociations, de repas ou de réunions pour détendre l'atmosphère, vous rapprocher de vos interlocuteurs et atteindre une certaine authenticité dans l'expression orale.

Cet ouvrage peut être utilisé soit pour une révision générale et régulière de l'anglais au bureau, soit pour rafraîchir un vocabulaire précis avant une réunion ou une présentation et ainsi approfondir un sujet particulier.

## MODE D'EMPLOI

Chaque unité peut s'étudier indépendamment des autres selon vos besoins :
• Lisez attentivement et étudiez la liste des mots clés et leur traduction en anglais.

• Relisez le vocabulaire anglais pour vous assurer que vous l'avez mémorisé.

• Testez-vous en cachant la traduction anglaise avec une feuille blanche.

• Recopiez dans un carnet les mots dont vous avez du mal à vous souvenir. Essayez de les utiliser dans une phrase (sans passer par une traduction en français).

• Lisez les situations de communication et leur traduction en français pour vous assurer que vous comprenez l'utilisation du mot dans son contexte.

• Vous pouvez aussi essayer de retraduire ces phrases du français en anglais.

• Faites l'exercice de mise en application pour vous entraîner et vérifier que le vocabulaire est bien acquis.

• Reportez-vous aux corrigés en fin d'ouvrage pour contrôler vos réponses.

• Le point de grammaire traite une difficulté précise. Lisez attentivement l'explication et les exemples donnés.

• Amusez-vous à rédiger d'autres exemples à partir de cette règle de grammaire.

• Faites ensuite l'exercice de grammaire pour vérifier que la règle a été comprise et assimilée. Les exercices sont variés : phrases ou mots à transformer, à traduire, à compléter, à relier, etc.

• Lisez les expressions et les informations de civilisation afin d'acquérir des notions plus générales, d'ordre lexical, phonétique et culturel. Des remarques, commentaires et plaisanteries rendent cette partie attrayante. Essayez de les mémoriser : ils vous seront utiles un jour ou l'autre. Essayez de trouver la solution des devinettes. Sinon, reportez-vous aux corrigés pour en obtenir la solution. Amusez- vous à tester les devinettes et les blagues auprès de vos amis anglophones. Cette étape est importante, car c'est un moment ludique qui vous permet de communiquer sans appréhension.

• Chaque unité se termine par une expression idiomatique. Elles sont imagées et, le plus souvent, intraduisibles. Alors que l'on peut comprendre la signification des mots qui la composent, le sens général n'est pas aussi évident ! Mémorisez-les afin de les réutiliser ou de comprendre vos interlocuteurs anglo-saxons qui les utilisent abondamment. N'hésitez pas à revenir autant de fois qu'il le faut sur les points qui vous paraissent importants ou auxquels vous vous heurtez.

Maintenant, jetez-vous à l'eau ! Utilisez ce que vous venez d'apprendre. N'ayez pas peur de faire des erreurs. C'est la seule façon d'avancer. Soyez fiers de vos efforts puisque votre interlocuteur anglo-saxon, lui, n'en fait pas…

Don't be afraid to experiment! Learning a language is a life-time journey…
I wish you good luck!!

# AT THE RECEPTION
## L'ACCUEIL

## VOCABULAIRE

hôtesse d'accueil : **receptionist**
accueil (lieu) : **reception desk**
visiteur : **visitor**
rendez-vous : **appointment**
accueillir : **welcome, greet, meet**
registre des visiteurs : **Visitors' Book**
remplir / compléter un formulaire : **fill in / out** (US) **a form**
carte de visite : **business card**
agent de sécurité : **security guard**
faire entrer / sortir quelqu'un : **show someone in / out**
salle d'attente : **waiting room**
transmettre un message : **pass on / give a message**
se présenter (avec papiers) : **identify oneself**
papiers d'identité : **identity card / ID (identification)** (US)
faire savoir : **let someone know**
être là : **be in**
ascenseur : **lift** (GB) / **elevator** (US)
par là : **over there**
Pardon ? (quand on a mal entendu) : **Pardon? / I beg your pardon?**

## SITUATIONS DE COMMUNICATION

Can I help you? *(Puis-je faire quelque chose pour vous ?)*

Is Mr Guena in? *(M. Guéna est-il là ?)*

Who(m) shall I introduce? *(Qui dois-je annoncer ?)*

Excuse me, what's your name again? *(Pouvez-vous me répéter votre nom ?)*

Say your name again, I didn't get it right. *(Redites-moi votre nom, j'ai mal compris.)*

Please sign your name here. *(Veuillez signer ici.)*

You're welcome! *(De rien / A votre disposition.)*

I'll let him know you're here. *(Je vais le prévenir.)*

Would you mind waiting a few minutes? *(Veuillez patienter quelques instants.)*

I'll show you the way. *(Je vous montre / indique le chemin.)*

This way, please. *(Par là, s'il vous plaît.)*

Please follow me. *(Suivez-moi, s'il vous plaît.)*

I'll show you to Mr Tauber's office. *(Je vais vous conduire au bureau de M. Tauber.)*

I'll show you in. *(Je vais vous faire entrer.)*

Do / Please take a seat. *(Veuillez vous asseoir.)*

Do sit down and make yourself comfortable. *(Asseyez-vous et mettez-vous à votre aise.)*

Take a seat while you are waiting. *(Veuillez vous asseoir en attendant.)*

Mr Sola will be with you in a minute. *(M. Sola sera à vous dans un instant.)*

I don't have much time. *(Je n'ai pas beaucoup de temps.)*

I'll check / see if he's in. *(Je vais vérifier s'il est là.)*

I'm pleased to welcome you here. *(Je suis ravi[e] de vous accueillir.)*

## APPLICATION

*Traduisez les mots suivants en anglais puis disposez-les dans la grille autour du mot « receptionist » :*

salle d'attente – signer – carte de visite – visiteur – faire entrer – accueillir – ascenseur (GB) – libre – formulaire – rendez-vous – vérifier – bureau.

## GRAMMAIRE
## I WANT YOU TO... / I WOULD LIKE YOU TO...

**Want** et **would like** *sont suivis de l'infinitif complet :*

Steven wants to stay with us.

Julia would like to visit the company.

*Attention à la construction suivante :*

Want / would like + *nom ou pronom* + *infinitif complet*

She wanted Jane to send an email.

She wanted her to send...

He would like Mr Branston to think about his proposal.

He would like him to think...

*(Le français utilise le subjonctif !)*

*Utiliser les pronoms personnels compléments :* me, you, him, her, it, us, you, them.

## EXERCICE

*Traduisez les phrases suivantes :*

1. Voulez-vous que je vous indique le chemin ?
2. J'aimerais qu'il vérifie l'adresse.

3. Hélène voulait que nous accueillions le nouveau client.
4. Voudriez-vous qu'elle vous rappelle ?
5. Je veux qu'ils m'attendent dehors !

## EXPRESSIONS ET PROVERBES

• **Give someone a warm / chilly reception:** accueillir quelqu'un chaleureusement / fraîchement.
**Welcome back!** Content de vous revoir !
**Can you give me a lift?** Peux-tu me déposer quelque part ?
• rez-de-chaussée : **ground floor** (GB) / **first floor** (US).

Business is business. Les affaires sont les affaires.
Speech is silver, silence is gold. La parole est d'argent mais le silence est d'or.
Silence means consent. Qui ne dit mot consent.
Every man to his job. A chacun son métier.

put the ball in someone's court: renvoyer la balle.

# GREETINGS
## SALUTATIONS

### VOCABULAIRE

Bienvenue : **welcome**
Bonjour : **Hello, Good morning, Good afternoon**
vol : **flight**
trajet, voyage : **journey**
rester en / garder le contact : **keep in touch**
Merci pour : **thank you for + verb + ing (Thank you for coming).**

### SITUATIONS DE COMMUNICATION

Pleased to / Nice to meet you. *(Enchanté[e] de faire votre connaissance.)*
How are you? *(Comment allez-vous ?)* [on va généralement toujours bien , on répond : "I'm fine, thanks, and you?" ou "I'm very well, thank you."]
How are things? / How are you doing? *(Comment ça va ? [plus informel])*

Did you have a nice / good trip / journey / flight *(par avion)*? *(Avez-vous fait un bon voyage ?)*

Who is your appointment with? *(Avec qui avez-vous rendez-vous ?)*

Is Mr Gancel in? *(M. Gancel est-il là ?)*

I have an appointment with Mr Gancel. *(J'ai un rendez-vous avec M. Gancel.)*

I'll see if he's in. *(Je vais voir s'il est là.)*

I'll let him know you're here. *(Je vais le prévenir.)*

Please / Would you like to take a seat. *(Veuillez vous asseoir.)*

Would you mind waiting for a few minutes?

Mr Gancel will be right here. *(M. Gancel arrive tout de suite.)*

He'll be with you in a minute. *(Il est à vous dans un instant.)*

He's just coming. *(Il arrive.)*

Someone is just coming for you. *(Quelqu'un va venir vous chercher.)*

Did you find us all right? / easily? *(Nous avez-vous trouvés facilement ?)*

Let me take your coat. *(Donnez-moi votre manteau.)*

Would you like / Can I get you something to drink / some coffee? *(Voulez-vous quelque chose à boire / un café ?)*

Yes, please / No, thanks. *(Oui, merci / Non, merci.)*

You're welcome / Don't mention it / That's all right. *(Je vous en prie / De rien.)*

Thank you for coming. *(Merci d'être venu.)*

## APPLICATION

*Mettez ces phrases dans le bon ordre (numérotez-les de 1 à 11) :*

3 Can I get you something to drink?

7 Did you find us easily?

8 How are you?

11 Thank you for coming.

6 She'll be with you in a minute.

5 Welcome to Paris!

10 Did you have a nice trip?

4 Yes, please.

$\frac{6}{}$ Pleased to meet you!
$\frac{4}{}$ I have an appointment with Mrs Novel.
$\frac{9}{}$ I'm fine, thanks.

## GRAMMAIRE
## "WH" QUESTIONS

- **what** *(que / qu'est-ce que / quel[s] / quelle[s])*
    What companies have you worked in? /for ?
- **which** *(choix)*
    Which of the two offices do you prefer?
- **when** *(quand)*
    When did you arrive in Tokyo?
- **where** *(où)*
    Where is the nearest station?
- **who** *(qui)*
    *sujet :* Who is the CEO?
    *complément :* Who do you work for?
- **why** *(pourquoi)*
    Why didn't you call a taxi?
- **what... for** *(pour quelle raison / dans quel but)*
    What are you here for? *(on répond avec « to » :* To see Paul.)
- **what... like** *(comment, description)*
    What is your assistant like? She is tall and blond.

*Attention à respecter ce schéma : auxilliaire + sujet + verbe (Did you see him?) sauf quand le mot interrogatif est sujet (Who is John?).*

## EXERCICE

*Ajoutez le bon pronom interrogatif :*
1. —Who is your appointment with? — The personnel manager.
2. —When did you get here? — This morning.
3. —Who will you meet? — The other trainees.

4. ~~What~~ will you discuss? — The training and the salary!
5. ~~What~~ do you need a recorder *for?* — To record each one of his words and promises!!!
6. ~~Where~~ does the meeting take place? — On the second floor.
7. ~~When~~ does it start? — 9. *What time*
8. ~~Which~~ documents do you need, this one or that one?
9. ~~What~~ was the meeting *like?* — Great!

## EXPRESSIONS ET PROVERBES

• **"How do you do?"** est une forme de politesse utilisée lors de la première rencontre, à laquelle on répond : "How do you do?" (à ne pas confondre avec **"How are you?"** : Comment allez-vous ?, question à laquelle on répond : **"I'm fine, thank you"**, **"I'm fine, and you?"**, **"Very well, thank you"**.)
• **a friend of mine:** un(e) ami(e) à moi.
**to give a hand:** donner un coup de main.

The more the merrier. Plus on est de fous, plus on rit.
When one door shuts, another opens. Quand une porte se ferme, une autre s'ouvre.
Everything comes to him who waits. Tout vient à point à qui sait attendre.

👁 Mr (mister), Mrs (missis), Miss (miss)
On utilise assez souvent Ms (miz), surtout aux États-Unis, quand on ne sait pas si l'interlocutrice est mariée ou quand elle ne souhaite pas le dire ! Mr, Mrs doivent être suivis du nom. Sans le nom, on dit "Sir" ou "Madam".

Speak your mind! Dis ce que tu penses !

# MEETING A VISITOR
## RECEVOIR UN VISITEUR

### VOCABULAIRE

être impatient de : **look forward to** + verb + ing ⟵
entendre parler de quelqu'un : **hear about someone**
combien de temps : **how long**
carte de visite : **(business) card**
déranger : **bother** = disturb ?
Et si on... ? : **What about / How about? Shall we...?**
désolé de + verbe : **sorry for** + verb + ing
se joindre à : **join someone**
revoir : **see again**
présenter : **introduce**

### SITUATIONS DE COMMUNICATION

You must be John, I've heard so much about you! *(Vous devez être John, j'ai tellement entendu parler de vous !)*
It's nice to meet you at last. *(C'est agréable de vous rencontrer enfin !)*
I've been looking forward to meeting you. *(J'étais impatient de vous rencontrer.)*

So have I! *(Moi aussi.)*

Have you been waiting long? *(Vous attendez depuis longtemps ?)* ^ for ?

How long have you been here? *(Depuis combien de temps êtes-vous ici ?)*

When did you get to Paris? *(Quand êtes-vous arrivé à Paris ?)*

How long are you staying? *(Combien de temps restez-vous ?)*

Do you know Paris at all? *(Connaissez-vous Paris ?)*

I've been here before on business. *(Je suis déjà venu ici pour affaires.)*

Shall we go and have a drink? / What about a drink? / How about a drink? / How about going for a drink? *(Et si on allait prendre un verre ?)*

Would you like to visit the company? *(Voulez-vous visiter la société ?)*

I don't want to bother you. *(Je ne veux pas vous déranger.)*

I'm sorry for being late. *(Désolé[e] d'être en retard.)*

Are you free tonight? *(Etes-vous libre ce soir ?)*

We would like to invite you to dinner. *(Nous aimerions vous inviter à dîner.)*

When will you come back? *(Quand revenez-vous ?)*

It's getting late, I should be going. *(Il se fait tard, je dois y aller.)*

Can you call me a taxi? *(Pouvez-vous m'appeler un taxi ?)*

It's(has) been a pleasure meeting you. *(Ce fut un plaisir de vous rencontrer.)*

I hope we'll meet again. *(Au plaisir de vous revoir / Je serai ravi[e] de vous revoir.)*

Have a nice trip back! *(Bon retour !)*

Let's keep in touch! *(Restons en contact !)*

Have a nice day! *(Bonne journée !)*

See you later / soon *(A plus tard / A bientôt !)*

See you! *(A plus !)*

Take care! *(Attention à vous [informel], au revoir !) (US)*

Have a nice trip / flight / back! *(Bon voyage / Bon retour !)*

Give my regards / My best regards to your wife *(Mes amitiés à votre femme.)*

## APPLICATION

*Placez ces mots ou expressions dans la bonne colonne (moment où vous rencontrez quelqu'un et moment où vous le quittez) :*
Take care! – Have you been waiting long? – Let's keep in touch! – When did you get to Paris? – Have a nice trip back! – How long are you staying? – I've been looking forward to meeting you.

| ARRIVÉE | DÉPART |
|---|---|
|  |  |
|  |  |
|  |  |
|  |  |
|  |  |

## GRAMMAIRE
## "HOW" QUESTIONS

- **how** *(comment)*
  How did you get here?
- **how many, how much** *(combien / quantité)*
  *(voir Unit II)*
- **how much** *(combien / prix)*
  How much have we earned?
- **how often** *(tous les combien)*
  How often do you have general meetings?
- **how far** *(à quelle distance)*
  How far is the convention centre?
- **how long** *(combien de temps)*
  How long will the appointment last?
  How long have you been working here?

• *Il est courant d'employer how + n'importe quel adjectif pour poser des questions très précises :*

> How interesting was the meeting?
>
> How boring was it?
>
> How expensive was the restaurant?

## EXERCICE

*Ajoutez le mot interrogatif qui convient :*

1. ...... has it been raining?
2. ...... do you do?
3. ...... are you feeling this morning?
4. ...... is the company from the station? — 5 minutes' walk.
5. ...... do you go on business trips? — Once a month.
6. ...... does it cost?
7. ...... did you get to the office? — I walked.

## PRÉSENTATIONS

• *Pour se présenter :*

I don't think we have met.

Hello, I'm Denis, the new manager.

• *Pour présenter Denis à John et vice versa :*

Denis, this is John! John, this is Denis!

Denis, meet John! John, meet Denis!

I'd like you to meet John. *(J'aimerais vous présenter John [ma formule préférée !].)*

Let me introduce Denis. *[formule formelle !]*

You know Denis, don't you?

Denis, have you met John? *(Connaissez-vous John ?)*

John, I don't think you know Denis!

You haven't met John, have you? *(Vous ne connaissez pas John, n'est ce pas ?)*

I'd like to introduce you to John! *(J'aimerais vous présenter John !)*

● Les Américains et les Anglais vous appelleront rapidement par votre prénom. Vous serez alors "on a first name basis".

● Les Américains ne se serrent la main que la première fois qu'ils se rencontrent, lorsqu'ils saluent quelqu'un qui doit s'absenter longtemps ou pour féliciter un collègue. Ils peuvent rester des semaines sans se serrer la main.

> proud as a peacock:
> fier comme un paon.

# APPOINTMENTS (1)
## RENDEZ-VOUS

### VOCABULAIRE

fixer un rendez-vous : **make / set up / fix an appointment**
confirmer un rendez-vous : **confirm / keep an appointment**
libre, disponible : **free, available**
rendez-vous : **appointment** ; peut se traduire aussi par : **see, meet** (voir ci-dessous) (rendez-vous galant : **date**)
comme convenu : **as arranged**
comme prévu : **as scheduled / planned**
agenda : **diary, appointment book**
qui convient : **suitable, convenient**
planning, emploi du temps : **schedule**
être occupé : **be busy, tied up**

### SITUATIONS DE COMMUNICATION

I'd like / I want to / Can I make an appointment with Mr Lyndon?
I'll check / Let me check his diary. *(Je vérifie son agenda.)*
I'll look in my diary.

My diary is full on that date. *(Mon agenda est plein à cette date.)*

I'm afraid I'm not available on Tuesday. *(Désolé[e], je ne suis pas libre mardi.)*

What about / How about 10 o'clock on Friday? *(Et vendredi à 10 heures ?)*

Is Monday convenient / suitable for you? *(Est-ce que lundi vous convient ?)*

Let's make it at 6. *(Si on disait 6 heures ?)*

Does 10 o'clock suit you? *(Est-ce que 10 heures vous convient ?)*

I can fit you in at 11 o'clock. *(Je peux vous voir – entre deux RV – à 11 heures.)*

I'm seeing John at 6. *(J'ai rendez-vous avec John à 6 heures.)*

You can meet Dr Frown at the restaurant. *(Vous pouvez donner rendez-vous au Dr Frown au restaurant.)*

I have a tight schedule *(J'ai un emploi du temps serré.)*

## APPLICATION

*Retrouvez dans cette grille la traduction des 15 mots suivants : libre – occupé – prendre un rendez-vous (2 verbes) – serré – rendez-vous galant – qui convient – tôt – tard – occupé – vérifier – emploi du temps – confirmer – convenu – agenda.*

| E | D | E | G | N | A | R | R | A | C |
|---|---|---|---|---|---|---|---|---|---|
| A | E | I | N | W | Y | S | U | B | O |
| R | S | C | H | E | D | U | L | E | N |
| L | K | F | R | M | A | K | E | D | V |
| Y | C | R | T | I | G | H | T | A | E |
| I | E | E | B | H | L | H | E | T | N |
| T | H | E | F | I | X | C | T | E | I |
| Z | C | D | I | A | R | Y | A | K | E |
| C | O | N | F | I | R | M | L | J | N |
| P | S | U | I | T | A | B | L | E | T |

## GRAMMAIRE
## CONCORDANCE DES TEMPS AVEC "IF"

• **if + présent suivi du futur** (hypothèse réalisable)

> If I have time, I'll meet the new Sales Manager.
>
> If we can, we'll make the appointment earlier.

• **if + prétérit suivi du conditionnel présent** (situation imaginaire, non réelle, hypothétique)

> If I had time, I would meet the new Sales Manager.
>
> If we could, we would make the appointment earlier.

Avec le verbe "be", on utilise "were" à toutes les personnes.

> If I were the new manager, I would make new rules.

• **if + pluperfect** (had + participe passé) **suivi du conditionnel passé** (would have + participe passé : hypothèse et sa conséquence dans le passé)

> If I had had time, I would have met the new Sales Manager.
>
> If I had been the new manager, I would have made new rules.

## EXERCICE

Mettez les verbes entre parenthèses à la forme qui convient :
1. If you ...... (stay) in the company, I'll give you a pay rise.
2. If I ...... (be) you, I wouldn't behave like that.
3. If I ...... (know), I would have made another offer.
4. If he had stayed longer, I ...... (be) more friendly.
5. They ...... (change) the plans if they could.

## EXPRESSIONS ET PROVERBES

• **every other day:** tous les deux jours
**day in, day out:** tous les jours (= every day)
**to work long hours:** faire beaucoup d'heures

**this very minute:** à cet instant

**on time:** à l'heure

**tomorrow week:** demain en huit

**Tuesday week:** mardi en huit

**make up for lost time:** rattraper le temps perdu

• **Attention** : 8 am (8 heures du matin) - 8 pm (8 heures du soir)

**am** (du latin *ante meridiem*): de minuit à midi

**pm** (du latin *post meridiem*): de midi à minuit

The early bird catches the worm. L'avenir appartient à celui qui se lève tôt.

Haste makes waste. La hâte conduit à l'échec.

👁 Il est incorrect d'arriver en retard à un rendez-vous : les Anglo-Saxons sont extrêmement ponctuels.

Nous disons couramment : « Bonjour, monsieur » ou « Bonjour, madame ». Les Américains ne mettent pas de nom ou de titre après le "Good morning". Ce sera "Good morning" ou "Hello" ou, moins formel, "Morning" ou "Hi".

Ils utilisent seulement "Sir" à... l'armée !!

☼ "Punctuality is like having bad manners; you are sure of having lots of time for yourself"

first things first: chaque chose en son temps.

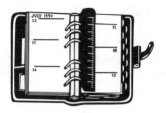

# APPOINTMENTS (2)

## VOCABULAIRE

être retenu : **be held up** (**hold, held, held:** tenir, retenir)
être en retard : **be late**
être retardé : **be delayed**
retard : **delay**
annuler un rendez-vous : **cancel / call off / break an appointment**
repousser / remettre un rendez-vous : **postpone / push back / put off an appointment**
avancer (date de rendez-vous) : **bring forward**

## SITUATIONS DE COMMUNICATION

I'm afraid I must cancel / I'll have to cancel my appointment with Miss Ross. *(Désolé[e], mais je dois annuler mon rendez-vous avec Mlle Ross.)*

Mr Smith has been held up / delayed at a meeting in London. *(M. Smith a été retenu / retardé à une réunion à Londres.)*

I can't make it. *(Je ne peux pas venir.)*

Mr Johnson can't make the meeting. *(M. Johnson ne pourra se rendre à la réunion.)*

I will be half an hour late for my appointment. *(J'aurai une demi-heure de retard à mon rendez-vous.)*

I'm afraid I won't be able to keep my appointment. *(Désolé[e], je ne pourrai être au rendez-vous.)*

Could you bring forward the date of our meeting? *(Pourriez-vous avancer la date de la réunion ?)*

## APPLICATION

*Redites ces phrases autrement :*

1. I won't be able to come to the meeting.
2. I'll have to put off the appointment.
3. I'm afraid I can't confirm the appointment with Stuart.
4. Mrs Waknin won't be on time.

## GRAMMAIRE
## CAN / MUST

• **can** *exprime la capacité, la possibilité, la permission :*

  I can see you at 5.

  I can type fast.

  Can we smoke in the waiting room?

• **can** *peut traduire « savoir » :*

  The Managing Director can speak German and Italian.

• **can't** *exprime l'incapacité, l'impossibilité, l'interdiction :*

  You can't smoke in this building.

  I can't get the operator.

• **must** *exprime l'obligation*

  We must go now if we want to catch the train.

• **mustn't** *exprime l'interdiction :*

  You mustn't use the phone for personal calls.

• **could** *est le passé et le conditionnel de can :*

They couldn't find a taxi.

If you wanted I could help you.

• Can et must *n'existent pas à tous les temps. Ils ont des verbes de remplacement :* can = be able to / must = have to

*Cependant,* must et have to *ont une petite différence :*

- have to *exprime une obligation extérieure* (I have to wear glasses).

- must *exprime l'obligation ressentie par celui qui parle* (I must sign the document now).

| | | |
|---|---|---|
| Présent | I can understand him. | I must call Paul. |
| Passé | I could understand him. | I had to call Paul. |
| Futur | I will be able to understand him. | I will have to call Paul. |
| Pres. Perf. | I have been able to understand him. | I've had to call Paul. |

Don't have to (= needn't) *exprime l'absence d'obligation :*

You don't have to get up early; we'll take a taxi.

You needn't get up...

## EXERCICES

*Mettez ces phrases au temps demandé :*

1. I can understand what she is saying. (passé)
2. He can catch the train. (futur)
3. I must buy a new mobile phone. (passé)
4. They must get an unternational driving licence. (futur)

## EXPRESSIONS ET PROVERBES

**sooner or later:** tôt ou tard

**It's high time (you started).** Il est grand temps (que tu commences).

**It's now or never.** C'est maintenant ou jamais.
**Don't waste your time.** Ne perds pas ton temps.
**the day after:** le lendemain
**the day before:** la veille
**the next / following day:** le jour suivant
**in due time:** en temps voulu
**We're running out of time.** Il ne nous reste plus beaucoup
de temps.

Time will tell. Le temps nous le dira.
Tomorrow is another day. A chaque jour suffit sa peine. On
verra demain.

👁 Les Américains, hommes d'affaire inclus, sont très ouverts,
amicaux et d'un abord facile. Vous serez le plus souvent
accueilli avec le sourire, qu'ils vous connaissent ou non, et quel
que soit le rapport entretenu. C'est ainsi qu'ils vous mettent à
l'aise. Si vous n'avez pas l'habitude de sourire à un étranger,
entraînez-vous !

clear the air: détendre
l'atmosphère.

# PERSONAL ASSISTANT
## L'ASSISTANTE

### VOCABULAIRE

dépouiller / trier le courrier : **go through / sort out the mail**
écrire / envoyer du courrier : **write / send mail**
préparer les réponses : **draft the replies**
rédiger des rapports : **make out reports**
prendre les rendez-vous : **make / fix / set up appointments**
repousser / annuler un rendez-vous : **postpone / cancel an
appointment**
réserver une chambre d'hôtel / table : **book / reserve a room /
table**
faire le suivi : **do the follow-up**
recevoir les visiteurs : **meet / receive visitors**
mettre au courant les stagiaires : **brief new trainees**
classer des documents : **file papers and documents**
régler des problèmes / points : **sort out problems / points**
gestion courante : **day-to-day / daily management**
prendre des notes : **take notes down, write down**
compter sur : **rely on**

être responsable auprès de, être sous les ordres de : **report to**
s'occuper de : **look after**
établir les priorités : **prioritize**
tenir l'agenda : **keep the diary**
dossier en attente : **pending file**
filtrer les appels téléphoniques : **screen telephone calls**
transmettre des messages : **pass on messages**

## SITUATIONS DE COMMUNICATION

A good and efficient (*efficace*) personal assistant must have personal qualities: she must be reliable, trustworthy (*fiable, digne de confiance*), organized, flexible (*souple*), available (*disponible*), tidy (*ordonnée*), discreet, responsible.
She must show initiative and flexibility (*faire preuve d'initiative et de faculté d'adaptation*).
She must have organizational and communication skills (*qualités d'organisation et de communication*) and the ability to work to tight schedule (*capacité de respecter un emploi du temps serré*).
She must be knowledgeable about computer (= have a good knowledge of computer) (*s'y connaître en ordinateur*).
She must also have a good command of English (*maîtrise de l'anglais*).
I'll do the necessary arrangements. (*Je vais faire le nécessaire.*)
I've arranged for you to meet Mr Groves. (*J'ai prévu un rendez-vous avec M. Groves.*)

## APPLICATION

*Donnez le contraire des adjectifs suivants (ajoutez les préfixes un-, di-, ir-, ou in-) :*

1. reliable
2. trustworthy
3. honest
4. tidy
5. organized
6. patient
7. responsible
8. efficient
9. experienced

## GRAMMAIRE
### EXPRIMER LE CONSEIL AVEC "SHOULD", "OUGHT TO", "HAD BETTER", "WHY DON'T YOU..."

• **should + *infinitif sans* to** *exprime le conseil, la suggestion :*

> Mark shouldn't smoke in the office. *(Mark ne devrait pas fumer dans le bureau.)*
> You should call Sam before 6. *(Tu devrais appeler Sam avant 6 heures.)*

• **ought to + *infinitif complet*** *a le même sens que* should *mais se réfère à une règle qui n'est pas toujours respectée, à une nuance morale :*

> Managers ought to think more of their employees. *(Les directeurs devraient penser plus à leurs employés.)*

• **had better + *infinitif sans* to** *exprime le conseil avec une nuance d'ordre ou de reproche :*

> You had better (you'd better) change the way you speak to them. *(Vous feriez mieux de changer la façon dont vous leur parlez.)*

• **why don't you + *infinitif sans* to**, *et* **what about + verbe + ing** *servent également à exprimer le conseil, la suggestion :*

> Why don't you send him a fax? *(Pourquoi ne pas lui envoyer un fax ?)*
> What about fixing the meeting at 5 instead of 6? *(Et si on mettait la réunion à 5 heures au lieu de 6 heures ?)*

### EXERCICE

*Traduisez ces phrases (de plusieurs manières possibles pour certaines) :*

1. Vous feriez mieux de confirmer le rendez-vous.
2. Il devrait parler plus fort.
3. Pourquoi ne pas leur envoyer notre nouveau catalogue ?
4. Je ferais mieux de me dépêcher.
5. Pourquoi ne pas lui faire visiter les locaux ?

### EXPRESSIONS ET PROVERBES

• **office work, clerical work:** travail de bureau
**flexitime, flexible working hours:** horaire flexible
• Pour traduire l'idée de « noter » :
**Write this down.** Notez-le par écrit.
**I'll take it down.**
**He jotted it down.** Il nota rapidement.
• **hold one's tongue:** tenir sa langue

Forewarned, forearmed. Un homme averti en vaut deux.
So many heads, so many minds. Autant de têtes, autant d'avis.
Once in a rule. Une fois n'est pas coutume.
If you promise you must keep your word. Chose promise, chose due.
Rely on yourself alone. Ne compte que sur toi-même.
A place for everything and everything in its proper place. Une place pour chaque chose et chaque chose à sa place.
Time slips away when one is busy. Le temps passe vite quand on est occupé.

simple as ABC: simple comme bonjour.

# ON THE DESK,
# IN THE OFFICE
## SUR LE BUREAU, AU BUREAU

### VOCABULAIRE

bureau (table) : **desk**
bureau (pièce) : **office**
fournitures de bureau : **stationery**
ordinateur : **computer**
imprimante : **printer**
photocopieur : **photocopier**
corbeille à papiers : **wastepaper bin**
agrafeuse : **stapler**
corbeille : **tray**
trombones : **paper clips**
scotch : **scotch tape**
règle : **ruler**
gomme : **rubber** (GB) / **eraser** (US)
taille-crayon : **sharpener**
feutres : **felt pens**
surligneur : **highlighter**

enveloppes : **envelopes**
bloc-notes : **writing pad**
répertoire : **index book**
agenda : **diary, appointment book**
ordinateur portable : **laptop**
téléphone portable : **mobile phone** (GB) / **cell phone** (US)
magnétophone : **tape (cassette) recorder**
calculatrice : **calculator**
dossier : **file**
dossiers suspendus : **hanging files**
dossier à spirale : **ring binder**
meuble classeur : **filing cabinet**
armoire : **closet**
classeur pour courrier : **rack**
étagères : **shelves**


## SITUATIONS DE COMMUNICATION

I take some notes down on my writing pad. *(Je prends des notes sur mon bloc-notes.)*
"Papers & Pens" provides us with our office stationery. *(Papers & Pens nous fournit notre matériel de bureau.)*
We keep all the documents in files. *(Nous conservons tous nos documents dans des dossiers.)*
An appointment on Tuesday? Let me check Mr Brown's diary. *(Un rendez-vous pour mardi ? Je vérifie l'agenda de M. Brown.)*
Businessmen use laptops; they are small enough to be carried. *(Les hommes d'affaires utilisent des ordinateurs portables. Ils sont assez petits pour qu'on les porte.)*
I keep all my files in a metal filing cabinet; they are safe there. *(Je conserve tous mes documents dans un meuble classeur en métal ; ils y sont en sécurité.)*
I use a pink highlighter to mark the important parts of the document. *(J'utilise un surligneur rose pour faire ressortir les parties importantes du document.)*

The incoming mail is put on a rack. *(Le courrier qui arrive est mis dans un classeur.)*

## APPLICATION

*Chassez l'intrus dans chaque ligne :*
1. mobile phone – highlighter – cell phone
2. filing cabinet – closet – stapler
3. felt pen – computer – laptop
4. index book – sharpener – diary
5. computer – appointment book – diary
6. paper clips – staples – envelopes
7. printer – eraser – rubber
8. photocopier – rack – fax machine

## GRAMMAIRE
## OMISSION DE L'ARTICLE "THE"

*On ne met pas d'article dans les cas suivants :*
• *généralisations :*

> I like music.
>
> Managers should all speak English.
>
> Offices are hot in summer without air-conditionning.
>
> Personal assistants are dedicated to their job.
>
> Meetings are time-consuming.

• *lorsqu'on évoque des idées et concepts, des indénombrables :*
knowledge, employment, responsibility, work, patience, time, money, information, advice, luggage, furniture, pollution, information, productivity.

> They require experience for this position.
>
> Time is money.
>
> Productivity is high.
>
> She is looking for employment.

• *devant des noms de continents, pays, langues, rues, lieux (gares, universités, aéroports...), mois, jours, métaux :*

Africa is too big to visit it in two months.

I like working in England.

Arabic is a difficult language.

Our branch is on 5th Avenue.

Heathrow airport is 15 minutes from our office.

We import steel.

Monday is a long day!

## EXERCICE

*Traduisez les phrases suivantes :*

1. Notre bureau se trouve près du parc Kensington.
2. Où se trouve la Colombie ?
3. J'ai déjà travaillé au Moyen-Orient.
4. Jeremy parle l'allemand et le chinois.
5. Nous recevons nos clients le mardi.
6. Les voyages d'affaires prennent du temps.
7. Nous devons faire face à la pollution et au chômage.

## EXPRESSIONS ET PROVERBES

• **tray:** plateau (**ashtray:** cendrier)

**ruler:** règle (objet pour mesurer)

**rules:** règles à suivre (**follow the rules:** suivre les règles ; **bend the rules:** enfreindre les règles)

**redtape:** bureaucratie

**be in office:** être en fonction

**to do one thing at a time:** faire une chose à la fois

**to work wonders:** faire des miracles

**to work something out:** régler, résoudre quelque chose **(We'll work it out!)**

A stitch in time saves nine. A chacun son métier.

There are 24 hours in a day. Les jours ne font que 24 heures.

A woman's work is never done. Le travail d'une femme n'est jamais fini.

☼  "Before you have an argument with your boss, you'd better take a good look at both sides; his side and the outside." (jeu de mots sur *side*: point de vue et *outside*: extérieur).

have a finger in every pie: être mêlé à tout, avoir des intérêts partout.

# COMPUTER
## ORDINATEUR

### VOCABULAIRE

ordinateur : **computer**
informatique : **computer science / data processing**
informatisé : **computerized**
numérique : **digital**
réseau : **network**
informaticien : **computer scientist**
programmeur : **computer programmer**
concepteur : **computer designer**
formé(e) en informatique : **computer-literate**
accro de l'ordi : **computer nerd**
ordinateur de bureau : **desktop**
ordinateur portable : **laptop**
ordinateur de poche : **palmtop**
matériel informatique : **hardware / computer equipment**
logiciel : **software**
disque dur : **hard disc / disk**
traitement de texte : **word processing**
navigateur, logiciel de navigation : **browser**

naviguer, explorer : **browse, surf, navigate**
se planter : **crash**
pirate : **hacker**
lecteur zip : **zip drive**
lecteur de disquette : **disk drive**
clavier : **keyboard**
clavier intégré : **built-in keyboard**
touche : **key**
mot clé : **key word**
bogue, bug : **bug**
installer un logiciel : **install a programme / program**
charger : **load**
décharger : **download**
afficher : **display**
actualiser, mettre à jour : **update**
mise à jour : **updating**
PAO / Publication Assistée par Ordinateur : **CAP (Computer Aided Publishing)**
CAO / Conception Assistée par Ordinateur : **CAD (Computer Aided Design)**
faire une saisie de sauvegarde : **back up**
sauvegarder : **back up, save**
cliquer : **press a key, click**
conception de site : **site design**
mémoire vive : **RAM (Random Access Memory)**
mémoire morte : **ROM (Read Only Memory)**
souris : **mouse**
tapis de souris : **mouse pad**
imprimante : **printer**
couper-coller : **cut and paste**
copier-coller : **copying-pasting**
glisser-déposer : **drag and drop**
sortie papier : **hard copy, printout**
copie logicielle : **soft copy**
faire une copie : **duplicate**
connexion, accès, comptabilisation : **hit**

## SITUATIONS DE COMMUNICATION

I need a new computer, I would like one easy to install and easy to use.

Keyboards can now be detached units to be placed wherever we want, even on your lap. *(Les claviers sont à présent détachables pour être placés où on le souhaite, même sur les genoux.)*

My computer has crashed. *(Mon ordinateur s'est planté.)*

The Mac Intosh system uses bubbles to help you with various tasks. *(Le système Mac Intosh propose des bulles d'aide pour diverses opérations.)*

Here are some word-processing functions: defining tabs, cut and paste, copying-pasting, page layout, printing etc. *(Voici quelques-unes des fonctions du traitement de texte du système Mac Intosh : définition des tabulations, couper-coller, copier-coller, mise en page, impression, etc.)*

## APPLICATION

*Attention, replacez la traduction française à la bonne place :*

| | |
|---|---|
| 1. wordprocessing | a. clavier |
| 2. keyboard | b. connexion |
| 3. hacker | c. réseau |
| 4. desktop | d. ordinateur portable |
| 5. laptop | e. ordinateur de bureau |
| 6. network | f. mise à jour |
| 7. software | g. pirate |
| 8. browse | h. traitement de texte |
| 9. key | i. logiciel |
| 10. updating | j. naviguer |
| 11. hit | k. touche |

## GRAMMAIRE
### TRADUIRE « PENDANT » : FOR, DURING, WHILE

• **during** = *pendant* *(le moment) (on peut demander :*
« *Quand ?* »)

>   I worked during the holidays. *(J'ai travaillé pendant les*
>   *vacances.)*
>   He called me during the meeting. *(Il m'a appelé pendant*
>   *la réunion.)*

• **for** = *pendant* *(la durée) (on peut demander : « Pendant*
*combien de temps ?* »)

>   I worked for two days. *(J'ai travaillé pendant deux jours.)*
>   We'll talk for an hour. *(Nous parlerons pendant une*
>   *heure.)*

• **while** + **verbe** (= *pendant que*)

>   I am working while she is watching TV. *(Je travaille pen-*
>   *dant qu'elle regarde la télé.)*
>   I did it while you were away. *(Je l'ai fait pendant que*
>   *tu étais parti.)*

## EXERCICE

*Traduisez les phrases suivantes :*
1. Nous nous sommes rencontrés pendant la conférence.
2. Le président a parlé pendant deux heures.
3. Ne parlez pas pendant que je fais cet exercice.
4. Samantha a visité nos nouveaux bureaux pendant son séjour.
5. Peter a vécu à Londres pendant de nombreuses années.
6. Pendant que j'y pense, appelez M. Macé.

## EXPRESSIONS ET PROVERBES

• Le mot « informatique » a été créé en 1962. Il est formé des
mot **informat**ion et mathéma**tique**.

• **Software** reste au singulier (**I have a lot of / some software.** J'ai beaucoup de / des logiciels).
Pour ne parler que d'un seul, on dira plus aisément : **"a software program"**.

• **Bricks and mortar** (briques et mortier) : désigne en jargon informatique les entreprises traditionnelles datant d'avant le commerce électronique (e-commerce).

**Bricks to clicks** (briques à clicks) : implantation d'une entreprise traditionnelle **(bricks and mortar)** sur le Web.

**Click and mortar:** entreprise traditionnelle présente également sur Internet.

• **WYSIWYG = "What You See Is What You Get"** (Ce que l'on voit à l'écran est ce que l'on aura sur la page imprimée / « Tel écran, tel écrit », TVTI en français).

• **GIGO = "Garbage In, Garbage Out"** (Rebut à l'entrée, rebut à la sortie : la réussite d'un programme dépend des données fournies à la saisie).

• **font:** police de caractères
**font size:** corps
**font style:** style
**upper case:** majuscule
**lower case:** minuscule
**weight:** graisse
**large cap:** grande capitale
**small cap:** petite capitale

be at one's wits for words: ne pas savoir à quel saint se vouer.

# INTERNET / E-MAILS

## VOCABULAIRE

le web : **the Web, the Net**
internaute : **surfer, netsurfer**
cybernaute : **cybersurfer**
débutant : **newbie**
expert : **nerd**
site web : **website**
réseau : **network**
en ligne : **on-line**
hors ligne : **off-line**
courrier électronique : **e-mail, electronic mail**
forum de discussion : **chat**
bavarder : **chat**
connexion : **connection, hit**
se connecter, se brancher : **log in / onto the internet**
se déconnecter : **log out / off, disconnect**
surfer sur internet : **surf on the internet**
répondre : **reply to sender**
répondre à tous : **reply to all**

faire suivre : **forward**
télécharger : **download**
page d'accueil : **home page**
moteur de recherche : **search engine**
liens : **links**
fichier : **file**
fournisseur d'accès : **provider**
enregistrer : **save**
effacer, supprimer : **delete**
naviguer : **browse**
objet : **subject**
destinataire : **recipient**
destinataire inconnu : **recipient unknown**
nom d'utilisateur, identifiant : **user name**
couper-coller : **cut and paste**
glisser-déposer : **drag and drop**
joindre : **attach**
copie cachée : **BCC (blind carbon copy)**
tenir la touche : **hold down the key**
icône : **icon**
cliquer : **click, press**
cliquer deux fois : **double click**
sauvegarder : **save, back up**

## SITUATIONS DE COMMUNICATION

I couldn't download the data. *(Je n'ai pas pu télécharger les données.)*
Double click on the icon. *(Clique deux fois sur l'icône.)*
Don't press the delete key. *(N'appuie pas sur la touche « effacer ».)*
Download the file when you have time. *(Télécharge le dossier quand tu auras le temps.)*
Your password is not valid. *(Votre mot de passe n'est pas valable.)*
Log onto your internet provider. *(Connectez-vous à votre fournisseur internet.)*

Once you have opened an account with a provider, you will have an e-mail address. *(Une fois que vous aurez ouvert un compte chez un fournisseur, vous aurez une adresse e-mail.)*

You log on by entering your user name and password. *(Vous vous connectez en entrant votre nom d'utilisateur et votre mot de passe.)*

Our employees spend hours surfing to various sites on the web. A search engine like Yahoo can help you find a particular site. Thanks to the e-commerce, we can order anything over the internet and pay securely now with a credit card.

Emoticons or smileys add the mood and personality of the writers, they reflect their emotions and attitudes by using punctuation signs.

## APPLICATION

*Ajoutez les mots manquants :*

1. Our home page had about 20,000 ..... the first day.
2. Enter your secret ..... , you'll be the only one to ...... .
3. Yahoo is a well-known ..... ..... .
4. You can ..... documents if you find them on the internet.
5. While I was ..... the Net, I found interesting documents.
6. I can't use my phone when I am ..... .

## GRAMMAIRE
## "I WISH..."

• **I wish + prétérit :** *pour exprimer un souhait (souvent irréalisable), pour dire que l'on regrette que les choses ne soient pas comme on les souhaiterait :*

> I wish I had a new laptop. *(Si seulement j'avais un nouveau portable !)*
> I wish I could understand German! *(Si seulement je comprenais l'allemand !)*

I wish there weren't so many people here.

*On utilise "were" (et non "was") à la 3ᵉ personne du singulier de "be" :*

I wish I were richer.

• **I wish + past perfect (had + PP) :** *pour exprimer un regret (d'une chose passée, que l'on a faite ou dite) :*

I wish I hadn't lied to him. *(Je regrette de lui avoir menti.)*

I wish I had studied computer science! *(Ah ! si seulement j'avais étudié l'informatique !)*

## EXERCICES

*Exprimez vos souhaits :*

1. Lloyd isn't here: I wish .....
2. I don't have enough money to travel: I wish .....
3. She doesn't speak Spanish: I wish .....

*Exprimez vos regrets :*

1. I have signed the contract. I wish .....
2. I have smoked too many cigarettes. I wish .....
3. The stay was too short: I wish .....

## EXPRESSIONS ET PROVERBES

• Internet = **interconnected networks** (réseaux interconnectés)

• Web (la toile) se dit aussi **"World Wide Web"** ou **"W3"**.

• Quelques dates :

1938 : David Hewlett et David Packard, ingénieurs américains, créent leur société à côté de San Francisco dans la région qui sera plus tard baptisée « la Silicon Valley ».

1975 : création de Microsoft par Bill Gates.

1976 : création de Apple Computer par Steve Job et Steve Wozniak.

1984 : Apple lance l'ordinateur Mac Intosh.

| ACRONYMS (acronymes) | SMILEYS / EMOTICONS |
|---|---|
| Langage des internautes **AFK (away from keyboard):** pas au clavier **BAK (back at keyboard):** de retour au clavier **ASAP (as soon as possible):** dès que possible **B4N (bye for now):** A + **BRB (be right back):** je reviens **CUL8ter** ou **CUL8R (see you later):** A + **DIKY (do I know you?)** **EOM (end of message)** **GTRM (going to read mail):** vais lire mon courrier **HAND (have a nice day)** **H & K (hug and kiss)** **HTH (hope this helps):** j'espère que ça te servira **KISS (keep it short and simple):** reste simple et court **KWIM? (know what I mean?):** tu vois ? **MYSM (miss you so much):** tu me manques trop **TOY (thinking of you):** je pense à toi **TU (thank you)** **TAFN** ou **TA4N (that's all for now)** **YWLKM (you're welcome)** | Emoticon = emotion + icon **Smiley** (souriant) se dit « binette » en québécois ! :-) **smile** 8-) **smile (wears glasses)** :- )) **big smile** :-( **frown** (tristesse) ;-) **wink** (clin d'œil) :-D **laugh** (rire) ;,( **tear** (larme) :O **yawns** (bâille car il s'ennuie) ( ) **hug** (on se prend dans les bras) { } **kiss** (bise) : { moustache :-@ **shouts** (il crie) |- I **asleep** (endormi) etc., selon votre créativité et votre imagination ! |

• Les nouveaux mots formés avec le préfixe « e- » (electronic) ou « cyber- » témoignent de l'ampleur et de l'importance de cet univers : **e-business** (nouvelle économie), **e-commerce** (commerce en ligne), **e-form** (formulaire électronique), **e-cash** (argent électronique), **e-book** (livre électronique), **e-café** (cybercafé), **cybercash**, **cybermarket**, **cyberzine** (electronic magazine), etc.

• Silicon Valley (littéralement « la vallée du silicium ») est une région proche de San Francisco où sont installées les plus importantes entreprises de hautes technologies et d'informatique du monde.

• Le "snail mail" (« courrier escargot »), notre bon vieux courrier postal, a été remplacé par le e-mail.

• Lire ou donner une adresse e-mail:

Englishbook@livredepoche.fr: englishbook at livre de poche dot fr

ispeakenglish@ internet.com: ispeakenglish at internet dot com

@ at

/ slash

. dot

_ underscore

com = commercial

have more than one trick up his sleeve: avoir plus d'un tour dans son sac.

# DATE AND TIME
## DATE ET HEURE

## DATE

• Il y a deux façons d'écrire la date :
- jour + date + mois : **Tuesday 14th January** (on dit : **Tuesday the fourteenth of January**)
- jour + mois + date : **Tuesday January 14th** (on dit : **Tuesday January the fourteenth**)
(Il n'est pas toujours nécessaire de mentionner le jour.)
Les Américains ont tendance à dire **"January fourteenth"** (sans dire **"the"**) et à écrire **"January 14th"** ou **"January 14"** (sans **th**, **nd** ou **rd**, et sans mettre de virgule).
Les mois peuvent être abrégés en utilisant les premières lettres et toujours en majuscules : **Jan., Feb., Mar., Apr., Jun., Jul., Aug., Sept., Oct., Nov., Dec.**
• **Attention** si vous écrivez la date en chiffres (3 novembre 1998) : 3/11/98
Les Américains placent le mois en premier. Cette date deviendra : 11/3/998 (et non le 11 mars 1998 !)
• La date, comme vous l'avez constaté, s'utilise avec des nombres ordinaux **(the first, the second, the third, the fourth, the fifth, etc.)** : 1st, 2nd, 3rd, 4th, 5th... 21st, 22nd, 23rd, 31st.

Nous sommes le 24 décembre. It's Dec. 24th.
• Pour les années, dire les chiffres 2 par 2 :

> 1998: nineteen ninety eight
> 1987: nineteen eighty seven
> 1905: nineteen O five

**mais** 2000 se dit : "two thousand"
2004: two thousand and four
• What is today's date? / What's the date today? / What date is it today? (Nous sommes le combien aujourd'hui ? / Quel jour sommes-nous ?)

## HEURE

• Pour demander l'heure : **"What time is it?"**, ou **"What's the time?"**
5 heures : **five o'clock** ou, plus simplement, **five**
5 heures précises : **five o'clock sharp**

| | |
|---|---|
| 5 h 05 : five **past** five | 5 h – 5 : five **to** five |
| 5 h10 : ten **past** five | 5 h – 10 : ten **to** five |
| 5 h 15 : (a) quarter **past** five | 5 h – le quart : (a) quarter **to** five |
| 5 h 20 : twenty **past** five | 5 h – 20 : twenty **to** five |
| 5 h 25 : twenty five **past** five | 5 h – 25 : twenty five **to** five |
| 5 h 30 : half **past** five | |

• Les Américains ont tendance à dire :
5:20 = five twenty ou twenty **after** five
5 h – 20 = twenty **of** five
7 h 30 : seven thirty
• Midi se dit : twelve o'clock = twelve = midday = noon
Minuit : midnight
• Pour les horaires (gares, aéroports, radio, TV), les heures se disent de 1 heure à 24 heures

> The train leaves at 14:40. (fourteen forty)

• Ne soyez pas étonnés d'entendre : 21 hundred hours (au lieu de o'clock): 21:00

• Faites très attention à l'emploi très courant de "am" et "pm"
(10 heures du matin : 10 am, 10 heures du soir : 10 pm)

> am (*ante meridiem*, latin pour avant midi) : de midi à
> minuit
>
> pm (*post meridiem*, après midi) : de minuit à midi

Si vous vous trompez, vous risquez d'avoir de drôles de surprises...

## APPLICATION

*Ecrivez en anglais les dates suivantes (comme si vous les prononciez) de deux manières différentes :*
1. 11 octobre 1947
2. 31 juillet 1979
3. 6 novembre 1946
4. 1er janvier 2000

*Dites les heures en anglais (plusieurs possibilités) :*
1. 18 heures
2. 3 heures du matin
3. Midi et quart
4. Minuit moins cinq
5. 17 h 50

## GRAMMAIRE
## LES PRÉPOSITIONS DE TEMPS : IN, ON, AT

• **in + *idée de futur :***
> In two days. In two months' time. In two years.
• **in + *année / mois / saison / siècle***
> In the morning. In the evening. In the afternoon.
> In January. In 2004. In the 20th century
• **on + *day / date***
> On January 14th. On Saturday. On Sunday morning.

• **at + *heure***

>    At six o'clock. At midday.

• **at = *expressions de temps***

>    At dinner time. At lunch time. At the week end.
>    At Christmas. At night.

## EXERCICE

*Complétez avec "in", "on" ou "at" :*

1. The meeting will take place ...... Sept. 9th.
2. I'll start my new job ...... December.
3. I never have breakfast ...... the morning.
4. ...... the moment, he is busy repairing the computer.
5. ...... week ends I play golf.
6. I enjoy smoking a good cigar ...... night.
7. We met ...... 2000.
8. America was discovered ...... the 15th century.
9. We can meet ...... 2 o'clock ...... June 3rd.
10. He kissed me ...... midnight.

## EXPRESSIONS ET PROVERBES

**on time:** à l'heure *mais* **in time:** en mesure **(music)**
**in time to do sthg:** juste à temps pour faire...
**Time's up!** C'est l'heure !
**first thing in the morning:** demain à la première heure / tôt
le matin
**Everything has its day.** Chaque chose en son temps.
**It's now or never.** C'est maintenant ou jamais.
**It's a time-consuming job** (qui prend du temps)
**I am up to date in my job.** Je suis à jour dans mon travail.
**every other day:** tous les deux jours
**One day I'll be rich and famous.** Un jour je serai riche et
célèbre.
**Take a day off.** Prends un jour de congé.
**In the good old days!** Au bon vieux temps !

**to live from day to day:** vivre au jour le jour
**I wasn't born yesterday.** Je ne suis pas né(e) de la dernière pluie.
**Time flies!** Le temps passe.
**Time is running short.** Le temps presse.
**Time is ripe.** La poire est mûre.
**Name a time.** Votre heure sera la mienne.
**to have a good time:** s'amuser
**to be paid by the hour:** être payé à l'heure
**deadline:** date butoir, date limite

Time is money. Le temps, c'est de l'argent.
Never put off till tomorrow what you can do today. Ne remets pas à demain ce que tu peux faire aujourd'hui.

☼ "– Why did you throw the clock out of the window? – To see time fly."

☼ "Time is like money; you can only spend it once."

☼ "Today is the tomorrow you worried about yesterday." (*to worry about:* s'inquiéter)

Nothing valuable can be lost by taking time. Abraham Lincoln (*valuable:* précieux – *lost:* perdu)

✻ Tell me what yesterday was and what tomorrow will be.

✻ What's the difference between a sailor and six broken clocks?

✻ What has hands but no feet, a face but no eyes, tells but doesn't talk?

Catch 22 situation: situation sans issue.

# FIGURES
## CHIFFRES

• *Ecrire les chiffres :* 1 (comme une barre simple) - 7 (sans barre)
- 9 (sans petite boucle)
• **Hundred** (cent) / **thousand** (mille) / **million** :

     500 : five hundred

     12,000 : twelve thousand

     321,876 : three hundred and twenty one thousand eight
     hundred and seventy six

     2,000 000 : two million

Several hundred pages (plusieurs centaines de pages)

Hundred, thousand *et* million *ne prennent pas de « s » après
un nombre (ainsi qu'après* several, many, a few)

*Ils prennent un « s » quand ils traduisent des centaines, des mil-
liers, des millions :*

     Hundreds of employees / thousands of dollars / millions
     of people

• *Attention de bien placer une virgule après les milliers :*
3,540 : three thousand five hundred and forty.

*Dire « and » avant les deux derniers chiffres (les Américains s'en passent !)*
Les Américains disent : 15,00 (fifteen hundred)
• *Nombres décimaux*
Les décimales s'écrivent avec un point en anglais : 10.5 : ten point five (10,5 en français)
• *milliard* : one thousand million (GB) / one billion (US)
Billion et million restent invariables.
• *Fractions*
1/2 : one half ou a half - 1/3 : one third - 1/4 : one fourth - 1/10 : one tenth - 2/5 : two fifth
Le deuxième chiffre est ordinal.
• *Pourcentages*
10% : ten per cent ou percent - 35% <u>of the</u> staff is bilingual (35% du personnel sont bilingues)
• First / last / next
Ils se placent en premier :

> the first two days (les deux premiers jours)
> the last ten lines (les dix dernières lignes)
> the next three months (les trois prochains mois)

• Zéro peut se dire « zero » ou « nought » (GB)
Il se dit « O » (comme la lettre « o ») pour le téléphone et « zero » pour les températures (2 below zero : moins 2).
• Donner son numéro de téléphone (n° ou # aux USA) : les numéros de téléphone s'énoncent un par un :
01 46 24 81 75 : oh, one, four, six, two, four, eight, one, seven, five 44 : double four

## APPLICATION

*Ecrivez ces nombres, fractions, pourcentages et numéros de téléphone en toutes lettres (attention aux virgules et aux points) :*
a. 19,841
b. 4.2
c. 5/8

d. 6,301
e. 12/10
f. 10.35
g. 28%
h. 02 56 23 40 77
i. 1001

## GRAMMAIRE
### "HOW MUCH" / "HOW MANY" : COMBIEN (DE)

• **how much + *singulier*** (countable)
> How much money did you spend yesterday?
• **how many + *pluriel*** (uncountable)
> How many books have you read?

*Attention, on dit :* How many people...

## EXERCICE

*Complétez ces phrases avec "how much" ou "how many" :*

1. ...... people came to your presentation?
2. ...... food will you serve tonight?
3. ...... complimentary tickets did you get?
4. ...... pages have you typed so far?
5. ...... time can we spend on this project?

## EXPRESSIONS ET PROVERBES

• *Quand « mille » ne se traduit pas par* **"thousand"** *!*
Je te le donne en mille ! **You'll never guess!**
Tu as mille fois raison. **You're absolutely right.**
C'est mille fois trop grand. **It's far too big.**
• un nombre à 4 chiffres : **a 4-digit figure**
être sur son 31 : **to be dressed up to the nines.**
être au 7ᵉ ciel / être aux anges : **to be on cloud 9.**

• **There's always a first time.** Il y a un début à tout.
**I'll do it first thing in the morning.** Je le ferai à la première heure demain.
**Who's next?** A qui le tour ?
**You're next!** C'est à vous !
**Next please!** Au suivant !
**First things first.** Les choses importantes d'abord.
**I was next to speak.** Ce fut à mon tour de parler.

First come first served. Premiers arrivés, premiers servis.
Kill two birds with a stone. Faire d'une pierre deux coups.
Once bitten, twice shy. Chat échaudé craint l'eau froide.

☼    What gets bigger when you turn it upside down? (*upside down*: à l'envers).

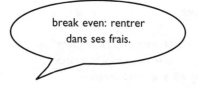

break even: rentrer
dans ses frais.

# BUSINESS DOCUMENTS
## DOCUMENTS PROFESSIONNELS

### VOCABULAIRE

rapport : **report**
télécopie, fax : **fax**
email : **e-mail**
documentation : **literature, documentation**
brochure, plaquette : **brochure, booklet**
prospectus, dépliant : **leaflet, brochure**
documents polycopiés : **handouts**
lettre : **letter**
lettre commerciale : **business letter**
message téléphonique : **phone message**
formulaire de commande : **order form**
carte de visite : **business card**
agenda : **diary**
ordre du jour : **agenda**
procès-verbal d'une réunion : **minutes**
facture : **invoice, bill**
bulletin de livraison : **delivery note**
mailing : **mailshot**

prospectus : **flyer**
déclaration, communiqué : **statement**
déclaration d'impôt : **income tax return**
reçu : **receipt**
CV : **curriculum vitae, résumé**
convocation : **notification**
dossier : **file, records**
traite : **draft, bill**
lettre recommandée : **registered letter**
règlement : **regulation, rules**
contrat : **contract, agreement**
connaissement : **bill of lading**
brevet : **patent**
procuration : **proxy**
reconnaissance de dette : **IOU (I owe you** = je te / vous dois)
organigramme : **organization chart**
bilan : **balance sheet**
registre : **ledger**
état financier : **financial statement**
bulletin de la société : **newsletter**
journal interne / journal d'entreprise : **in-house magazine**
liste de prix : **price-list**

## SITUATIONS DE COMMUNICATION

The company hired students to distribute / hand out leaflets to passers-by in the street. *(La société a embauché des étudiants pour distribuer les prospectus aux passants dans la rue.)*
The in-house magazine is produced by the company for its staff. *(Le journal d'entreprise est réalisé par la société pour son personnel.)*
Please fill in / out this form. *(Merci de remplir ce formulaire.)*
The company sends a newsletter to its clients four times a year. *(La société envoie le bulletin à ses clients quatre fois par an.)*
There are five points to discuss on the agenda. *(Il y a cinq points à traiter dans l'ordre du jour.)*

Jane will take the minutes at the meeting. *(Jane prendra les notes pendant la réunion.)*

We are interested in your new range of products. Could you please send us your price-list? *(Votre nouvelle gamme de produits nous intéresse. Pourriez-vous nous envoyer votre liste de prix ?)*

We haven't received your invoice yet. We'll send you a cheque / check as soon as we get it. *(Nous n'avons pas encore reçu votre facture. Nous vous enverrons un chèque dès que nous la recevrons.)*

Here's my business card! *(Voici ma carte de visite !)*

Paul read all the literature in environmental issues. *(Paul a lu toute la documentation sur les problèmes d'environnement.)*

The balance sheet shows the assets and liabilities of the company. *(Le bilan financier montre les actifs et les passifs de la société.)*

Let me show you the sales ledger. *(Laissez-moi vous montrer le registre des ventes.)*

## APPLICATION

*Complétez cette grille de mots croisés en donnant la traduction anglaise des mots ci-dessous :*

1. brochure, plaquette
2. facture
3. ordre du jour
4. étiquette
5. reçu
6. agenda
7. brevet
8. brochure
9. rapport
10. registre
11. procès-verbal
12. formulaire
13. contrat
14. CV
15. dépliant

```
        9
        .         10                                    .
. . . . .  . . . . .  I      11    12               .
.     .         .              .          .    13  .
.     .         .         2  . . . . . . .  .       15
.     .  . . . . . . . .  3  .           .    14  .
.     .               .                   .       .
     5  . . . . . .  .                  . 4 .  . . . .
.                    . 6  . . . . .               .
.                         .                       .
8                         .                       .
                      7  . . . . . .
```

■ GRAMMAIRE
## FORMATION DES ADJECTIFS (1)

*On peut former un adjectif en ajoutant un suffixe à un verbe ou à un nom :*

| verbe + suffixe | communica**tive**<br>enjoy**able**<br>read**able**<br>forget**ful** |
|---|---|
| nom + suffixe | rain**y**<br>wealth**y**<br>effort**less**<br>dai**ly**<br>pain**ful**<br>respect**ful**<br>danger**ous**<br>cultur**al**<br>surpris**ing**<br>Chin**ese**<br>fever**ish** |

(Voir aussi Unit 16)

## EXERCICE

*Formez des adjectifs à partir des mots suivants :*
courage, reason, power, construct, wash, beauty, fame, sun,
interest, month, replace, Japan, music, grace, trend, colour,
care, care, child, agress

## EXPRESSIONS ET PROVERBES

• Ne pas confondre « agenda » **(= diary, appointment book)**
et le mot anglais **"agenda"** , qui signifie « ordre du jour ».

☼ "A committee usually keeps minutes and wastes hours." (Jeu
de mots sur le double sens de « minutes » : procès-verbal d'une
réunion et minutes.)

worm secrets out
of somebody: tirer les vers
du nez à quelqu'un.

# BUSINESS LETTERS (1)
## LETTRES COMMERCIALES

### VOCABULAIRE

mise en page : **layout**
formule de politesse : **complimentary close**
en-tête : **letterhead**
accuser réception : **acknowledge receipt**
suite à : **following / further to**
dans l'attente de, espérer : **look forward to** + verbe + ing
faire savoir : **let someone know**
contacter / rester en contact : **get in touch**
ne pas hésiter à : **feel free to**
Nous vous prions de croire à l'assurance de nos sentiments distingués. **(Yours faithfully / sincerely.)**

**Présentation :**
Expéditeur : en haut à **droite**
En dessous : la date
Destinataire : en haut à **gauche**
Référence : à gauche

| On commence par | On finit par |
|---|---|
| **Dear Sir,*** | **Yours faithfully** |
| **Dear Madam,** | „ |
| **Dear Sirs,** | „ |
| **Dear Mr Johnson,** | **Yours sincerely** |
| | ou **Sincerely yours** |
| **Dear John,** | **With best regards** |
| | **With kind regards** |
| **Hi John** (un ami) | **Love** |
| | **With love** |

• * **Dear John** est suivi d'une virgule en anglais et de deux points en anglais-américain.

• **"Yours truly"** peut remplacer **"Yours faithfully"** quand les personnes se connaissent mieux. On peut alors terminer la lettre par **"With best regards"** ou **"With kind regards"** (Amicalement / Cordialement).

**"Love / With love"** sont des formules réservées aux amis et aux proches.

👁 A l'inverse de l'anglais, les formules de politesse en français sont extrêmement nombreuses, riches et parfois pompeuses ! L'anglais privilégie la simplicité et la concision (c'est donc plus simple à apprendre et à mémoriser...). La correspondance anglaise s'apparente plus à la langue parlée.

### SITUATIONS DE COMMUNICATION

• **Début** : *reference:*

With reference to your letter / your advertisement... *(Suite à votre lettre / votre annonce...)*

Thank you for your letter of... / dated... *(Nous vous remercions de votre courrier du...)*

We acknowledge receipt of your letter dated... *(Nous accusons réception de votre courrier du...)*

Following your letter of... *(Suite à votre lettre du...)*

• **Fin**

We look forward to hearing from you soon / receiving your answer. *(Dans l'attente de vous lire / de recevoir votre réponse...)*

We are looking forward to your visit / to your reply / to a prompt reply. / Looking forward to your visit / your reply. *(Dans l'attente de votre visite / de votre réponse... )*

We remain at your disposal. *(Nous restons à votre entière disposition.)*

We will get in touch with you again. *(Nous vous recontacterons.)*

Feel free to contact us if... / Do not hesitate to... *(N'hésitez pas à nous contacter si...)*

We hope to receive your reply. *(Nous espérons recevoir votre réponse.)*

Thank you for... / We would like to thank you for... *(Merci pour...)*

Please let us know... *(Veuillez nous faire savoir...)*

We would be grateful if you could... *(Nous vous serions reconnaissants de bien vouloir...)*

## APPLICATION

*Mettez ces phrases dans le bon ordre :*

1. forward / are / to / order / we / your / looking / receiving /
2. you / send / your / we / be / if / catalogue / would / grateful / us / could /
3. 30$^{th}$ April / you / your / of / for / letter / thank /
4. receipt / of / letter / July 31st / acknowledge / we / your / of
5. us / free / further / need / feel / to / you / contact / if / information /
6. if / products / us / need / information / let / about / know / you / more / our /

## GRAMMAIRE
## LE PRÉSENT SIMPLE ET LE PRÉSENT PROGRESSIF

• *Le présent simple* sert à décrire des habitudes, des vérités, des actions répétées, des généralités :

> Where do you work?
> Water freezes at 0°.
> They go to New York once a month.
> I don't understand.

*Certains adverbes peuvent l'accompagner :* often, never, sometimes, seldom (= rarely), usually *(habituellement)*, always, frequently, hardly ever *(presque jamais)*

> He always speaks fast.

*Les verbes suivants ne se mettent pas à la forme progressive :* want, understand, know, love, mean, prefer...

*Le présent simple sert à parler d'horaires :*

> The plane takes off at 5.

• **Le présent progressif** *(be au présent + verb + ing) décrit une action en train de se dérouler :*

> What are you doing? I am typing a letter.

*Il s'utilise également avec des verbes de position :*

> I am sitting, he is lying, she is standing. *(Je suis assise, il est allongé, elle est debout.)*

*Il sert à exprimer un futur, un projet :*

> I am travelling tomorrow.

### EXERCICE

*Choisissez le bon présent :*

1. I ...... (go / am going) to Chicago tomorrow.
2. They ...... (play / are playing) golf on Sundays.
3. What ...... (are you doing / do you do) now?
4. Water ...... (boils / is boiling). Make some tea!
5. Our train ...... (is leaving / leaves) at 7.
6. The English ...... (are drinking / drink) a lot of tea.
7. I ...... ( am seeing / see) Jane tonight.
8. She ...... (sits / is sitting) on the floor.

### EXPRESSIONS ET PROVERBES

• Pas de contraction **(we'll, we've)** dans les lettres commerciales. Préférer les formes pleines **(we will, we have)**.

• Le passif est couramment utilisé plutôt que la 1$^{re}$ personne. Il vaut mieux dire : **"The catalogue was sent to you"** que **"I sent you the catalogue"**.

• Ne pas oublier les ponctuations qui aident à comprendre le message de la lettre. Voici les principales :

Punctuations :

. **full stop / period** (US) (point)

, **coma** (virgule)

; **semi-colon** (point-virgule)

: **colon** (2 points)

— **dash** (tiret) (remplace les parenthèses en français)

( ) **brackets** (parenthèses)

? **question mark** (point d'interrogation)

! **exclamation mark** ( point d'exclamation)

... **dots / suspension points** (points de suspension)

- **hyphen** (tiret pour les mots composés)

"..." **quotation marks** (entre guillemets) (**quote / unquote**: ouvrez / fermez les guillemets)

/ **slash**

☼   "What a wonderful thing is the mail, capable of conveying across continents a warm human handclasp." (*convey*: transporter - *handclasp = to clasp a hand*: serrer la main)

out of the blue: sans prévenir, de manière inattendue.

# BUSINESS LETTERS (2)

## VOCABULAIRE

joindre : **enclose, attach**
ci-joint : **encl. / enc. = enclosed**
sous pli séparé : **under separate cover**
s'excuser : **apologize**
être reconnaissant : **be grateful**
renseignements complémentaires : **further / additional information**
suite à : **further to**
demande : **request**
demande de renseignements : **inquiry**
prix : **prices, quotations**
tarifs : **price list**
retour du courrier : **return of mail**

## SITUATIONS DE COMMUNICATION

Enclosures (pièces jointes)
Please find enclosed / attached... (Veuillez trouver ci-joint...)

We enclose our cheque. *(Vous trouverez ci-joint notre chèque.)*
Attached you will find... / We are enclosing... *(Nous joignons...)*
As requested, we are sending you... *(Suite à votre demande, nous vous envoyons...)*
We are sending you under separate cover... *(Nous vous envoyons sous pli séparé...)*
As agreed during our telephone conversation, I am sending you... *(Comme convenu lors de notre entretien téléphonique, je vous adresse...)*

<u>Body of the letter</u> *(corps de la lettre) (phrases générales)*
I am / We are writing to inform you that / to tell you that / to confirm / to thank you for...
We would be interested in placing an order... (in + verb + ing)
We would be grateful if you could... *(Nous serions reconnaissants si vous pouviez...)*
We are pleased to inform you / to confirm you that...
Would you be so kind as to... *(Nous vous prions de bien vouloir...)*
Please accept our apologies for the delay / inconvenience. *(Veuillez accepter nos excuses pour le retard / le problème.)*
We are arranging for / We are making arrangements for your visit. *(Nous prenons les dispositions nécessaires pour votre visite.)*

<u>Problems</u>
We regret to inform you that... *(Nous avons le regret de vous informer que...)*
We would like to apologize / We apologize for the delay. *(Veuillez nous excuser pour le retard.)*
We are sorry to inform you that / to tell you that...
We assure you that this will not happen again. *(Nous vous assurons que cela ne se reproduira plus.)*

<u>Information</u>
We wish to have further information about... *(Nous aimerions avoir des renseignements sur...)*
We are interested in your latest range of products.

Could / Would you please send us / inform us about...

Please send us your catalogue.

Please let us have the price / details.

We would be grateful if you could send us... *(Veuillez nous envoyer...)*

We would be interested in receiving... / if you could send us... / in further details about *(des renseignements supplémentaires au sujet de...)*

Further to your request... *(Suite à votre demande...)*

### Prices

Would you be so kind as to give us your current price / quotation. *(Veuillez nous indiquer votre prix actuel.)*

We are pleased to include our price list. *(Nous sommes heureux de vous adresser nos tarifs.)*

Could you send us your current rates? *(Pourriez-vous nous envoyer vos taux actuels ?)*

Could you please confirm these prices by return of mail? *(Pourriez-vous confirmer ces prix par retour du courrier ?)*

## APPLICATION

*Traduisez ces phrases :*

1. Nous expédions sous pli séparé notre catalogue et nos tarifs.
2. Nous sommes désolés pour ce retard.
3. Dans l'attente de votre prochain courrier.
4. Nous serions intéressés par des informations complémentaires au sujet de votre nouvelle gamme de produits (range of products).
5. Veuillez accepter nos excuses pour ce retard.
6. Nous vous prions de bien vouloir confirmer votre commande.

## GRAMMAIRE
## L'EXCLAMATION

| | |
|---|---|
| **what + nom** | What a nice letter! |
| **such + nom** | It's such a nice letter! |
| **how + adj. / adverbe** | How late it is! |
| **so + adj. / adverbe** | It is so late! |

• *What est suivi d'un nom au pluriel :*
   What actors!
• *What a / an est suivi d'un nom au singulier :*
   What an actor!
• *Attention à la place de "a" dans "such a" :*
   He is such a good manager! *(C'est un si bon directeur !)*
• *Attention à l'ordre des mots pour ne pas confondre l'exclamation et l'interrogation :*
   How old is she? *(interrogation)*
   How old she is! *(exclamation)*
• *So much, so many = tellement de (+ nom)*
   She has written so many letters.
   I have so much work.

## EXERCICE

*Complétez avec :* so, such, such a, how, what, what a / an
1. ...... interesting letter!
2. ...... lucky we were!
3. ...... unusual answers!
4. He's ...... shy!
5. Have you ever seen ...... good film?
6. I received ...... answers!
7. ...... beautiful roses!

### EXPRESSIONS ET PROVERBES

• **letter opener:** coupe-papier
**to the letter:** à la lettre
**reminder:** lettre de rappel
**It went smoothly.** C'est passé comme une lettre à la
poste.

☀ "You can suffocate a thought by expressing it with too many
words." (Frank Clark) (*a thought:* une pensée – *suffocate:* étouf-
fer)

☀ What does an envelope say when you lick it? (*lick:* lécher).

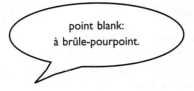

point blank:
à brûle-pourpoint.

# BUSINESS VERBS

diriger une société : **run / manage a company**

fournir des services : **provide services**

atteindre un but, un résultat, réaliser un rêve : **achieve a goal / an outcome / a dream**

faire des affaires : **do business**

faire des profits, un voyage d'affaires : **make a profit, a business trip**

assister à des réunions : **attend meetings**

traiter des questions difficiles : **deal with / handle difficult issues / matters**

résoudre des problèmes : **solve problems**

convoquer / assister à des réunions : **call / attend meetings**

conclure un accord : **come to / reach an agreement**

être responsable auprès de... : **report to...**

faire le lien avec le personnel: **liaise with the staff**

nommer des directeurs : **appoint / nominate managers / directors**

mettre en place des stratégies : **implement / develop strategies**

répondre aux besoins de clients : **meet clients' needs**
réduire les coûts : **reduce costs / expenses**
vérifier les comptes : **check / examine accounts**
lancer une campagne, un produit : **launch a campaign, a product**.
s'adresser à ses actionnaires : **address shareholders**
prendre la parole : **take the floor**
faire un discours : **deliver a speech**
racheter des sociétés : **take over companies**
pénétrer un marché : **break into a market**
s'attaquer à un marché : **tap a market**
négocier des contrats : **negotiate contracts**
conclure un marché : **close a deal**
prendre des mesures : **take measures**
prendre des risques : **take / run risks**
former des équipes : **build / set up teams**
fabriquer des marchandises : **manufacture goods**
présider une réunion : **chair / preside over / a meeting**

## SITUATIONS DE COMMUNICATION

Our son runs a software company in Silicon Valley. *(Notre fils dirige une société de logiciels dans la Silicon Valley.)*
Mr Matthew's company will probably be taken over soon. *(La société de M. Matthew sera probablement bientôt reprise.)*
We are planning to break into the Asian market. *(Nous avons l'intention de pénétrer le marché asiatique.)*
The meeting was attended by 200 people. *(Deux cents personnes ont assisté à la réunion.)*
Our CEO liaises with the other directors before making important decisions. *(Notre PDG en réfère aux autres directeurs avant de prendre des décisions importantes.)*
Jerry handles the company's accounts. *(Jerry s'occupe des comptes de la société.)*

What are your best achievements in life? My family and my company! *(Quelles sont les plus belles réalisations de votre vie ? Ma famille et ma société !)*

We have achieved high profit this year. *(Nous avons réalisé un gros bénéfice cette année.)*

The company provides the managers with cell phones and laptops. *(La société fournit des téléphones portables et des ordinateurs portables à ses directeurs.)*

They have called the meeting at short notice: I can't go. *(Ils ont convoqué la réunion à la dernière minute. Je ne peux y aller.)*

We do our best to meet our clients' requirements. *(Nous faisons notre possible pour répondre aux demandes de nos clients.)*

## APPLICATION

*Reliez le verbe et son complément :*

| | | | |
|---|---|---|---|
| 1. achieve | a. a strategy |
| 2. attend | b. an appointment |
| 3. make | c. costs |
| 4. reduce | d. a strategy |
| 5. liaise with | e. clients' needs |
| 6. take | f. a goal |
| 7. plan | g. a meeting |
| 8. handle | h. a suggestion |
| 9. meet | i. my employees |
| 10. implement | j. risks |
| 11. fix | k. difficult matters |

*Reliez le verbe et son complément :*

| | |
|---|---|
| 1. negotiate | a. the new sales manager |
| 2. decide on | b. a market survey |
| 3. check | c. questions |
| 4. carry out | d. the board |
| 5. provide | e. goods |
| 6. manufacture | f. services |
| 7. answer | g. problems |

| 8. solve | h. the company's account |
| 9. appoint | i. deals |
| 10. report to | j. a project |

## GRAMMAIRE
## LA PLACE DES ADVERBES

• *Adverbes de **fréquence*** : always *(toujours)*, never *(jamais)*, rarely, seldom *(rarement)*, hardly ever *(presque jamais)*, usually *(habituellement)*, sometimes *(quelquefois)*.
*Ils se placent avant le verbe.*

He never signs contracts. *(Il ne signe jamais de contrats.)*
Steven usually meets the new clients. *(Steven reçoit généralement les nouveaux clients.)*

*Avec un verbe composé, ils se placent après l'auxiliaire :*

Sheila has rarely attended meetings. *(Sheila a rarement assisté à des réunions.)*

*Ils se placent après "be" (sauf "will be") :*

Mr Dupriez is never late. *(M. Dupriez n'est jamais en retard.)*
Sam was probably away on business. *(Sam était probablement en déplacement pour affaires.)*

*Mais entre "will" et "be" :*

They will probably be in the office on time. *(Ils seront probablement au bureau à l'heure.)*

• *Parce que, en anglais, on ne sépare pas le verbe de son complément, les adverbes se placent après le complément. Attention tout particulièrement à :* very much, (very) well, a lot, at all, *car en français, ils se placent après le verbe.*

He speaks Japanese very well. *(Il parle très bien japonais.)*
I don't like him at all. *(Je ne l'aime pas du tout.)*
Jean discusses with his staff a lot. *(Jean discute beaucoup avec son personnel.)*
I like my job very much. *(J'aime beaucoup mon travail.)*

## EXERCICE

*Placez l'adverbe au bon endoit dans la phrase :*
1. What time do you go for lunch? (usually)
2. He has worked in the same company. (always)
3. Mr Stunt gets angry. (hardly ever)
4. I address my employees on Monday. (usually)
5. Sam negotiates deals. (very well)
6. He doesn't do business with this company. (at all)
7. The account manager decides on projects. (never)
8. The employees like their job. (very much)
9. Mary has given me good advice. (rarely)
10. Our manager calls meetings on Mondays. (never)
11. He is satisfied with the situation. (always)
12. The clients will be visiting the company. (probably)
13. She typed the letter. (fast)

## EXPRESSIONS ET PROVERBES

• *Attention à ces faux amis (voir aussi Unit 59) :*
        **attend a meeting** (assister à une réunion) / attendre (wait for)
        **achieve** (réaliser) / achever (**complete**)
        **appoint** (nommer) / appoint (**exact change**)
• **to tell someone:** dire à quelqu'un (**He told him.** Il lui a dit.) *mais* **to say something to someone. (He said his name to the receptionist.)**
• **He manages the company** (il dirige la société) :
**manage** + nom = diriger
**He managed to escape** (il réussit à s'échapper) :
**manage** + verbe = réussir à
**He runs the company = he manages the company.**
**He runs fast.** (Il court vite.)

The greatest talkers are the least doers. Ceux qui parlent le plus agissent le moins.

Familiarity breeds contemps. La familiarité engendre le mépris.

To talk without thinking is to shoot without aiming. Parler sans réfléchir, c'est tirer sans viser.

Do as you would be done by. Traite les autres comme tu aimerais qu'ils te traitent.

☀: "Business know-how is when a man knows his business and what's none of his business." (know-how = savoir faire) (jeu de mots avec l'expression : it's none of his business: ça ne le regarde pas)

☀: "Business is like an automobile. It won't run itself except downhill." (downhill: sur la pente descendante) (run signifie aussi diriger).

the tricks of the trade:
les ficelles du métier.

# BUSINESS ADJECTIVES

## VOCABULAIRE (PAR ORDRE ALPHABÉTIQUE)

à la pointe : **state of the art**

ancien : **former**

apte à : **fit for**

ciblé : **focused**

commode, pratique : **convenient**

compétitif, concurrentiel : **competitive**

convenable : **suitable**

couronné de succès : **successful**

de premier plan : **prominent**

disponible : **available**

économique : **economic, economical** (voir la différence de sens en fin de leçon)

efficace : **efficient**

en attente : **pending**

éventuel, potentiel : **prospective**

expérimenté : **experienced**

facultatif : **optional**

faisable : **feasible**
fiable : **reliable**
fort, important : **substantial, significant**
global, complet : **comprehensive**
gratuit : **free of charge**
impliqué : **involved in**
important : **major**
inapte à : **unfit for**
inefficace : **inefficient**
intéressant, attirant : **attractive**
juridique : **legal**
libre : **free**
non qualifié : **unskilled**
obligatoire : **compulsory**
occupé, pris : **busy**
pertinent : **relevant**
pratique : **practical**
précédent : **previous**
précis, exact : **accurate**
premier, en tête : **leading**
prévu, attendu : **expected, planned**
principal : **main**
prudent : **cautious**
qualifié : **skilled**
qui économise de l'argent : **money-saving**
qui économise du temps : **time-saving**
qui prend du temps : **time-consuming**
réel : **actual**
remarquable : **outstanding**
rentable : **profitable, cost-effective**
représentant un défi : **challenging**
responsable : **responsible**
retardé : **delayed**
sain, solide : **sound**
satisfaisant : **satisfactory**
satisfaisant, gratifiant : **satisfying**

satisfait : **satisfied**
solide : **sound**
souple : **flexible**
trompeur : **misleading, deceptive**
vaste : **wide**

## SITUATIONS DE COMMUNICATION

I like my new job but it is too time-consuming. *(J'aime mon nouvel emploi mais il prend trop de temps.)*

Our company has played a leading role in the merger. *(Notre société a joué un rôle capital dans la fusion.)*

John has played a prominent part in the negotiations. *(John a joué un rôle de premier plan dans les négociations.)*

Mr Webster is involved in the department. *(M. Webster est impliqué dans le service.)*

You have made an outstanding contribution to the company. *(Vous avez contribué de façon remarquable à la réussite de la société.)*

All the decisions pending will be made soon. *(Toutes les décisions en attente seront prises bientôt.)*

We offer a comprehensive range of products. *(Nous offrons une gamme complète de produits.)*

The new policy is effective. *(La nouvelle politique est efficace / fonctionne bien.)*

My new assistant is efficient. *(Ma nouvelle assistante est efficace.)*

You will certainly find our prices competitive. *(Vous trouverez certainement nos prix compétitifs.)*

These figures are accurate. *(Ces chiffres sont exacts / précis.)*

The sales are very satisfying this year. *(Les ventes sont très satisfisantes cette année.)*

## APPLICATION

*Donnez le contraire des adjectifs suivants :*
1. accurate
2. skilled
3. compulsory
4. legal
5. expected
6. profitable

## GRAMMAIRE
## FORMATION DES ADJECTIFS (2)

*On peut également (Voir Unit 12) former des adjectifs de la manière suivante :*

| *adjectif + suffixe* | greyish<br>wildish |
|---|---|
| *préfixe + adjectif*<br>*(pour donner des contraires)* | uninteresting<br>unable<br>unanswerable<br>impossible<br>irrational<br>independent<br>disorganised |

## EXERCICE

*De la même façon, formez d'autres adjectifs à partir de ces mots :*
productive, transmittable, informed, white, replaceable, interesting, skilled, red, oriented, usual, sufficient.

## EXPRESSIONS ET PROVERBES

• Pour traduire « économique » :
**economic** (qui a trait à l'économie)
>    an economic magazine, economic recession

**economical** (rentable, pas cher = **cost-effective**)
>    an economical car

Pour traduire « économie » :
**economics** (économie en tant que science, sujet, aspect financier)
>    the economics of the project

**economy** (état de l'économie d'un pays)
>    The country's economy depends on the exportations.


• Pour traduire « satisfaisant » :
**satisfactory** (qui satisfait, qui convient)
>    a satisfactory decision, a satisfactory condition

**satisfying** (satisfaisant dans le sens de gratifiant)
>    a satisfying career, a satisfying work, a satisfying experience


• Quelques comparaisons intensives :
**as boring as hell:** ennuyeux à mourir
**as busy as a bee:** travailleur comme une fourmi
**as clear as crystal:** clair comme de l'eau de roche
**as cool as a cucumber:** tranquille comme Baptiste
**as easy as ABC:** simple comme bonjour, bête comme chou
**as friendly as a hangman:** aimable comme une porte de prison
**as thick as thieves:** copains comme cul et chemise
**free as a bird:** libre comme l'air


Pour ne pas toujours utiliser les mêmes adjectifs, voici quelques synonymes qui enrichiront votre discours :

| important | good |
|---|---|
| essential, major, significant, serious, crucial, decisive, conclusive, outstanding, determining | convenient, appropriate, efficient, suitable, attractive, positive, satisfactory, acceptable, unobjectionable, pleasant |
| **successful** | **bad** |
| fruitful, profitable, booming, prospering, prosperous, affluent, productive | incompetent, unpleasant, objectionable, distasteful, displeasing, ungratifying |
| **big** | **small** |
| large, outstanding, huge, important, significant, outsized, gigantic, prominent, tremendous | tiny, secondary, minor, limited, insignificant, insufficient |

☼: "A successful executive in busines is the one who can delegate all the responsiblity, shift the blame and appropriate all the credit." (*shift:* rejeter – *credit:* le mérite)

☼: "The most effective way to conceal ignorance is to listen and shake your head when asked for an opinion." (*conceal:* cacher – *shake:* secouer)

far-fetched: tiré par les cheveux.

# ON THE PHONE (1)
## AU TÉLÉPHONE

### VOCABULAIRE

téléphoner : **call, phone, ring (up), give a call, make a call**
passer un coup de fil : **give a ring**
rappeler : **call back**
passer quelqu'un au téléphone : **put someone through (to...), connect**
sonner : **ring**
composer un numéro : **dial a number**
décrocher : **lift**
combiné : **receiver**
tonalité : **dialling tone**
opérateur, standardiste : **operator**
n° de téléphone : **phone number**
n° de poste : **extension number**
messagerie, boîte vocale : **voice mail**
cabine téléphonique : **phone box** (GB) / **pay phone** (US)
carte téléphonique : **phonecard**
Allô ! : **Hello!**
portable : **mobile** (GB) / **cell (= cellular) phone** (US)

joindre quelqu'un : **reach someone**
raccrocher : **hang up, ring off** (GB)
Ne quittez pas ! : **Hold the line / hold on / one moment /
just a moment**
épeler : **spell**
prendre / laisser un message : **take / leave a message**
prendre note de : **make a note of**
annuaire : **telephone directory / telephone book** (US)
abonné : **subscriber**
indicatif : **code**
PCV : **reverse charge call / collect call** (US)
renseignements téléphoniques : **directory assistance / enquiries** (GB)


## SITUATIONS DE COMMUNICATION

Who's speaking? / Who's calling? *(Qui est à l'appareil ?)*
This is Mrs Lebrun / Annie speaking. *(C'est Mme Lebrun / C'est
Annie.)*
I'm calling on behalf of... *(J'appelle de la part de...)*
What is it about? *(C'est à quel sujet ?)*
I'm calling about our last meeting. *(J'appelle au sujet de notre
dernière réunion.)*
May I ask the reason for your call? *(Quel est le sujet de votre
appel ?)*
I'd like to speak to Mr Groves (GB) May / Can / Could I speak
to Mr Groves? (US)
Is John in / there? *(Est-ce que John est là ?)*
One moment / Hold the line / Hold on / Just a moment. *(Ne
quittez pas.)*
You can reach him on his cell phone / mobile phone. *(Vous
pouvez le joindre sur son portable.)*
I'll look up his number. *(Je cherche son numéro.)*
I'll see if he's in. *(Je vais voir s'il est là.)*
I'll get him for you. *(Je vais le chercher.)*

He'll be with you in a minute. *(Il est à vous dans un instant.)*
I'll put / I'm putting you through / I'll connect / I'm connecting you. *(Je vous le passe.)*
I'll call you back / I'll get back to you in a minute. *(Je vous rappelle dans un instant.)*
Hello, is that Mary? *(Allô, est-ce que vous êtes Mary ?)*
Could you put me through to someone in the Sales Department? *(Pourriez-vous me passer quelqu'un du service commercial ?)*
It was nice talking to you. *(Ce fut un plaisir de vous parler.)*
Thanks for calling. *(Merci de votre appel.)*

*Messages* : voir On the phone (2)


## APPLICATION

*Ajoutez les prépositions suivantes :* back, in, on, on, through, of, up :

1. Can he call me ......?
2. Could you ring Mrs Fadier .......?
3. I'm putting you ......
4. I'm calling ...... behalf ...... Alexandra.
5. Please hold......!
6. Is Mrs Ross ......?


## GRAMMAIRE
## LE GÉRONDIF (VERB + ING)

• *en tant que sujet :*

> Leaving a message isn't always easy.
> Travelling abroad is expensive.

• *après une préposition :*

*Verb* + ing *après :* to be fond of, to be interested in, to give up *(renoncer à)*, to feel like *(avoir envie)*, to go on *(continuer)*, to be good at *(être bon en)*

> I am good at translating.

He gave up smoking.

Paul is interested in learning Spanish.

*Attention aux verbes suivants :* look forward to *(avoir hâte de)*, be used to *(être habitué à)*, take to *(s'adonner à)* : "to" *étant une préposition, ils sont suivis d'un gérondif (et non d'un infinitif).*

I am looking forward to meeting you.

She is not used to speaking on the phone.

My cousin took to fishing.

• *après certains verbes :* stop, enjoy, finish, avoid *(éviter)*, dislike :

I enjoy travelling.

He dislikes getting up early.

We usually avoid driving in traffic jams.

• *après certaines expressions :* I can't stand / I can't bear *(je ne supporte pas)*, I don't mind *(ça ne me dérange pas)*, it's no use *(cela ne sert à rien)*, it is worth *(cela vaut la peine)*, would you mind *(cela ne vous dérange pas de)* :

I can't stand leaving messages on a voice mail.

It's no use calling now.

I don't mind waiting.

• *les verbes* like, love, hate, start, begin, continue, prefer *peuvent être suivis d'un gérondif ou d'un infinitif sans réel changement de sens :*

I like travelling / I like to travel.

It started raining / It started to rain.

I love dancing / I love to dance.

They prefer speaking to John / They prefer to speak to John.

## EXERCICE

*Traduisez les phrases suivantes :*

1. Cela ne vous dérange pas de répéter ?
2. Il aime parler au téléphone pendant des heures.
3. Ça ne sert à rien de revenir demain.
4. Ça ne me dérange pas de le rappeler plus tard.

5. Il a arrêté de fumer.
6. Je ne supporte pas d'attendre des heures.
7. J'ai hâte de recevoir votre message.
8. Je n'ai pas l'habitude de parler anglais au téléphone.
9. J'évite d'appeler trop tôt le matin.

## EXPRESSIONS ET PROVERBES

• Numéros d'urgence **(Emergency numbers)** : **999** (GB) / **911** (US)
• **Don't forget : KISS (Keep It Short and Simple) :** vos conversations téléphoniques doivent rester simples et courtes !
• *Pour appeler un numéro à l'étranger :*
1. **international code** (indicatif international)
2. **country code** (indicatif du pays)
3. **area code** (indicatif de la région ou de la ville)
4. **telephone number**
• I am all ears. Je suis tout ouïe.
by word of mouth: de bouche à oreille
think twice: tourner sept fois sa langue dans sa bouche avant de parler

☼ "The most valuable of all talents is that of never using two words when one will do." (Thomas Jefferson) (*valuable:* précieux)

☼ "What are the quickest ways of spreading news? Telephone – Telegram – Tell a woman." (Quels sont les moyens les plus rapides de propager une nouvelle ? Le téléphone, le télégramme et... la dire à une femme.)

It's up to you: C'est à vous de décider.

# ON THE PHONE (2)

VOCABULAIRE

occupé : **busy**
libre, disponible : **free, available**
Je suis désolé(e) : **I'm afraid / I'm sorry / I'm terribly sorry**
prendre un message : **take a message**
laisser un message : **leave a message**
être de retour : **be back**
être là : **be in**
voyage d'affaires : **business trip**
en déplacement : **on business**
pour le moment : **at the moment, at present**
noter : **make a note of**
faire savoir : **let someone know**
s'assurer : **make sure**
laisser : **leave**
demander à quelqu'un de... : **ask someone to...**
bip (sur répondeur) : **beep**
joindre : **reach / get**
transmettre : **pass on**
Je vous en prie / De rien. **You're welcome.**

## SITUATIONS DE COMMUNICATION

Mr Lloyd is not in. *(M. Lloyd n'est pas à son bureau / n'est pas là.)*

is not in his office. *(... n'est pas dans son bureau.)*

is away. *(... est en déplacement.)*

is away on business. *(... est en déplacement d'affaires.)*

is in a meeting. *(... est en réunion.)*

is busy. *(... est occupé.)*

is on another line. *(... est en ligne.)*

has just left / has just gone out. *(... vient de sortir, de s'absenter.)*

When will he be back? *(Quand sera-t-il de retour ?)*

Could you tell me when he will be back? *(Pourriez-vous me dire quand il sera de retour ?)*

Could you tell me when he will be available? *(Pourriez-vous me dire quand il sera disponible ?)*

He'll be with you in a minute, will you hold? *(Il est à vous dans un instant, voulez-vous patienter ?)*

When do you expect him back? *(Quand pensez-vous qu'il sera de retour ?)*

He won't be long. *(Il ne sera pas long.)*

I've been trying to reach him all day. *(J'ai essayé de le joindre toute la journée.)*

Would you let him know that I called? *(Pourriez-vous lui faire savoir que j'ai appelé ?)*

We are trying to connect you. *(Nous recherchons votre correspondant.)*

### • Messages :

Would you like to leave a message? *(Voulez-vous laisser un message ?)*

Can I take a message? *(Puis-je prendre un message ?)*

I'll let him know you have called. *(Je lui dirai que vous avez appelé.)*

I'll make sure he gets the message. *(Je veillerai à ce qu'il ait votre message.)*

I'll pass on the message. *(Je transmettrai le message.)*

I'll make a note of it. *(Je vais le noter.)*

Could you ask him to call me back when he gets in? *(Pourriez-vous lui demander de me rappeler quand il rentrera ?)*

I'll ask him to call you as soon as he is free. *(Je lui demanderai de vous rappeler dès qu'il sera libre.)*

**Attention** : Pas de futur après "when" et "as soon as" *(dans les subordonnées de temps) : il faut mettre le présent.*

• **Messages à laisser sur la boîte vocale :**

– Hi Paul, this is Corinne. / Mrs Busset from AFG.

– This is just to let you know that ......

– This is a message to let you know that ......

– Can you call me back as soon as you get in?

– Could you give me a call when you get back?

– Just to say that ......

• *Vous entendez / vous enregistrez :*

"You have reached 0123456789. I'm not here for the moment. Please leave a message after the beep and I'll call you back / get back to you as soon as possible / as soon as I get in."

ou "Please leave your name and number, I'll call you back as soon as I get in / back."

## APPLICATION

*Complétez ce dialogue :*

— Hello Coco&Co.

— Hello! ...... I speak ...... Mrs Wells please?

— ...... 's calling?

— This is Jason Freak.

— Hold ...... I'll...... if she's ......

— Hello I'm ...... . Mrs Wells is in a meeting at the ......

— When will she be ......?

— She said she 'd be ...... at 6:30. Do you ...... to ...... a message?

— ...... you let ...... know I have called and ...... her to call me?

— Yes, of course. I'll ...... her the message and ask het to call. you as ...... as she ...... free.

— Thank you very much.

— You're ......

## GRAMMAIRE
## MAY / MIGHT

• **may** *exprime :*

*la permission (plus polie que "can") :*

> May I come in? *(Puis-je entrer ?)*

*la probabilité, l'éventualité :*

> It may rain. *(Il se peut qu'il pleuve.)*

> He may call later. *(Il se peut qu'il appelle plus tard.)*

• **might** *exprime une probabilité moins forte que "may" (remplacer par "perhaps") :*

> It might rain. *(Il se pourrait qu'il pleuve.)*

> He might come. *(Il se pourrait qu'il vienne.)*

> She might be having a meeting. *(Il se pourrait qu'elle soit en réunion.)*

**Might** *peut exprimer la condition :*

> If I earn more money, I might buy a new car. *(Si je gagnais plus d'argent, il se pourrait que j'achète une nouvelle voiture.)*

• **may have + participe passé** *pour exprimer ce qui était possible dans le passé :*

> I wonder why Matt didn't come to the meeting. He may have been away on business. *(Il devait être en déplacement.)*

• **might have + participe passé** *(aurait pu faire)*

> You arrived late, you might have missed her. *(Tu es arrivé tard, tu aurais pu la rater.)*

## EXERCICES

*Réécrivez les phrases en utilisant "may" ou "might" :*

1. Perhaps he'll call.

2. Fortunately he didn't break the plate.
3. Perhaps John knew more about it.
4. She didn't answer the phone. Perhaps she was busy.

*Traduisez :*
1. Il se peut qu'il vienne à 8 heures.
2. Il se pourrait qu'elle reste à Londres.

## EXPRESSIONS ET PROVERBES

• **I have a frog in my throat.** J'ai un chat dans la gorge.
**Tongues will start.** Les langues vont aller bon train.
**He made a slip of the tongue.** Sa langue a fourché. (**a slip
of the tongue**: un lapsus)
**He will bite his tongue off.** Il s'en mordra les doigts.
**Has the cat got your tongue?** Tu as perdu ta langue ?

The tongue is sharper than the sword. Coup de langue est pire
que coup d'épée.
Silence means consent. Qui ne dit mot consent.

☼ "A spoken word is not a sparrow. Once it flies out you can't
catch it." (Russian proverb) (*sparrow:* moineau)

☼ "When a man answers the phone, he reaches for a pen; when
a woman answers, she reaches for a chair."

> to have a say: avoir son mot
> à dire.

# ON THE PHONE (3)

## VOCABULAIRE

faux / mauvais numéro : **wrong number**
épeler : **spell**
parler plus fort : **speak up / louder**
rappeler : **call back / again**
répéter : **repeat / say again**
couper : **cut off**
raccrocher : **hang up, ring off**
renseignements téléphoniques : **directory assistance / enquiries**
en panne : **out of order**
vérifier : **check**
en ligne : **on the line**
faire attendre quelqu'un : **keep somebody waiting**
numéro de poste : **extension number**
composer un numéro : **dial a number**
occupé : **engaged, busy**
attendre, patienter (en ligne) : **hold**

## SITUATIONS DE COMMUNICATION

I don't speak English very well. *(Je ne parle pas très bien anglais.)*
Could you speak more slowly?
My battery is low, we are going to be cut off. *(Ma batterie est faible, nous allons être coupés.)*
I can't get through to 0123456789. *(Je n'arrive pas à joindre le 0123456789.)*
Miss Jones is no longer at that number; she is on extension 2120. *(Mlle Jones n'est plus à ce numéro, elle est au poste 2120.)*
I can't hold any longer. *(Je ne peuxplus attendre / patienter.)*
We have been cut off. *(Nous avons été coupés.)*
We have / It is a bad connection. The line is very bad. *(La ligne est mauvaise.)*
The line is engaged (GB) / busy (US). *(La ligne est occupée.)*
I've been waiting for 15'. *(J'attends depuis 15 minutes.)*
Don't hang up! *(Ne raccrochez pas !)*
Don't cut off! *(Ne coupez pas !)*
I can't hear you, could you speak up / speak louder? *(Je ne vous entends pas, pourriez-vous parler plus fort ?)*
I didn't get your name, could you spell it please? *(Je n'ai pas compris votre nom, pourriez-vous l'épeler ?)*
There is no one / nobody by this name / of that name in the company. *(Il n'y a personne de ce nom dans la société.)*
Can you repeat please? *(Pouvez-vous répéter, SVP ?)*
He is on another line. *(Il est en ligne.)*
There is no reply. Would you like to try again? *(Ça ne répond pas. Voulez-vous rappeler plus tard ?)*
I have someone on the other line. *(J'ai quelqu'un en ligne.)*
She is busy at the moment. Would you mind calling her back later? *(Elle est occupée pour le moment ; voudriez-vous la rappeler plus tard ?)*
I am in a meeting. *(Je suis en réunion.)*
Please don't disturb me. *(Ne me dérangez pas, SVP.)*
I can't hear you very well. *(Je vous entends mal.)*

The line is out of order / I can't get through / The line is dead. *(La ligne ne fonctionne pas.)*

Could you check the number? *(Pourriez-vous vérifier le numéro ?)*

Are you sure you have the right number? *(Etes-vous sûr[e] d'avoir le bon numéro ?)*

I'm sorry the number has changed, could you check with Directory Assistance? *(Désolé[e], le numéro a changé, pourriez-vous vérifier avec les renseignements ?)*

We have a crossed line. *(Il y a quelqu'un d'autre sur la ligne.)*

The number you have dialled has changed. *(Le numéro de votre correspondant a changé.)*

## APPLICATION

*Comment diriez-vous que :*

1. Vous avez été coupé. — I .....
2. Ça ne répond pas.
3. La ligne ne fonctionne pas.
4. Vous n'avez pas bien compris.
5. Vous avez fait un mauvais numéro.
6. Vous êtes déjà en ligne.
7. La ligne est mauvaise.
8. Votre batterie est faible, vous risquez d'être coupé.
9. Vous entendez très mal.
10. Vous n'arrivez pas à joindre Steven.

## GRAMMAIRE
### MANY, MUCH, (A) FEW, (A) LITTLE

• *Pour traduire « **beaucoup de** », on utilise « many + dénombrable » (ce que l'on peut compter) ou « much + indénombrable » (ce que l'on ne peut pas compter).*

| MANY | MUCH |
|---|---|
| many hours | much time |
| many coins / banknotes / bills | much money |
| many bottles of wine | much wine |
| many cups of tea | much tea |
| many people | much work |

*"Many" et "much" s'emploient surtout aux formes interrogative et négative (à la forme affirmative, utiliser "a lot of" "lots of", "plenty of").*

> Did you spend much money?

> Did you see many people?

• *Pour traduire « **un peu de** », « **quelques** », on utilise "a few" ou "a little" (qui suivent les mêmes règles que many et much):*

> I have a few friends in London.

> We have a little time before the meeting.

• *« **Peu de** » se traduira par "few" ou "little" :*

> Few participants attended the meeting.

> Hurry up! We have little time before it starts.


### EXERCICES

*Complétez avec "many" ou "much" :*

1. There isn't ...... space available.
2. We don't have ...... good friends here.
3. I haven't bought ...... presents from China.
4. I never drink ...... milk.
5. We haven't seen ...... people there.

*Ajoutez :* a little, little, a few, few

1. Can I have ...... wine, please?
2. We can't spend too much; we have ...... money.
3. She visited Ireland ...... times.
4. He has just arrived in the company; he has ...... friends.

## EXPRESSIONS ET PROVERBES

• **"engaged"** signifie aussi « fiancé » : **My brother is engaged.** Mon frère est fiancé. **The line is engaged.** La ligne est occupée.

What you don't know can't hurt you. On ne peut souffrir de ce qu'on ignore.

☀: *"– Hey answer the phone! Answer the phone! – But it's not ringing! – Why do you leave everything to the last minute?"* (Groucho Marx)

(– Hé, réponds au téléphone ! Réponds au téléphone ! – Mais il ne sonne pas! – Pourquoi faut-il que tu attendes toujours la dernière minute pour faire quelque chose ?)

☀: "Generally speaking, my wife is generally speaking." (En règle générale, ma femme parle généralement.) (jeu de mots entre « generally speaking » [en règle générale] et « generally » [généralement + le verbe speak]).

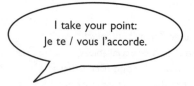

I take your point:
Je te / vous l'accorde.

# BUSINESS TRIPS
## VOYAGES D'AFFAIRES

Voir également :
At the reception (Unit 1)
Booking a hotel room (Unit 21)
At the restaurant (Unit 22)
Small talk (Unit 23)

## VOCABULAIRE

séjour : **stay**
remettre : **postpone**
annuler : **cancel**
annulation : **cancellation**
hébergement : **accommodation**
venir chercher : **collect pick up**
déposer : **drop someone off**
vol : **flight**
vol intérieur : **domestic flight**
voyage (trajet) : **journey**
passer la douane : **go through customs**
comptoir d'enregistrement : **check-in counter**
livraison des bagages : **baggage claim**

enregistrer : **check-in**
monter à bord : **board a plane**
carte d'embarquement : **boarding pass**
décoller / décollage : **take off**
atterrir : **land**
escale : **stop over**
faire une escale : **make a stop over / stop over**
vol sans escale : **nonstop flight**
décalage horaire (fatigue) : **jetlag**
décalage horaire, fuseau horaire (temps) : **time difference /
zone**
conduire à : **drive to**
attendre : **wait ... for**
à l'heure : **on time**
en avance : **early**
en retard : **late**
rester : **stay**
se reposer : **rest / get some rest**
location de voiture : **car rental**
louer : **hire** (GB) / **rent** (US)
forfait journalier : **daily flat rate**
forfait kilométrique : **rate per kilometre / mile**
forfait illimité : **free mileage**
assurance tous risques : **fully comprehensive insurance**
rendre (la voiture) : **return**
horaire : **timetable**
bagage : **luggage** (GB) / **baggage** (US)
billet aller : **one way / single ticket**
billet aller-retour : **return ticket** (GB) / **round trip** (US)
quai : **platform**
porte : **gate**
wagon restaurant : **restaurant car**
horaire : **timetable**
métro : **subway** (US) / **underground, tube** (GB)
monter / descendre (train, métro, bus) : **get on / off**
Ravi de vous rencontrer ! : **Nice / Pleased to meet you!**

## SITUATIONS DE COMMUNICATION

Are you here on business? *(Etes-vous ici pour affaires ?)*
I am looking forward to meeting you. *(J'ai hâte / Dans l'attente de vous rencontrer.)*
Have you been waiting long? *(Vous attendez depuis longtemps ?)*
Where are you staying? *(Où résidez-vous ?)*
How was your flight ? / Did you have a nice flight / trip? *(Avez-vous fait bon voyage ?)*
A taxi will collect you / pick you up at 8 am and drop you off at the airport. *(Un taxi passera vous prendre à 8 heures et vous déposera à l'aéroport.)*
It will take about one hour to go to London. *(Il faudra environ une heure pour aller à Londres.)*
He suffers from jetlag. *(Il supporte mal le décalage horaire.)*
You will probably have to make a stopover. *(Il vous faudra probablement faire une escale.)*
Do you have / Have you got your return / round trip ticket? *(Est-ce que tu as ton billet retour ?)*
The train is scheduled for 5 / due at 5 / due to arrive at 5. *(Le train est prévu à 5 heures.)*
I've just missed the train. *(Je viens de rater le train.)*
What is the fare for Manchester? *(Quel est le prix du voyage pour Manchester ?)*
Take the subway at Grand Central Station and get off at 5th Avenue. *(Prenez le métro à GCS et descendez à Fifth Avenue.)*
I always travel business class. *(Je voyage toujours en classe affaires.)*
We are scheduled to leave after the meeting. *(Il est prévu que nous partions après la réunion.)*

## APPLICATION

*Remettez les mots dans le bon ordre pour obtenir des phrases complètes :*
1. have − did − nice − a − you − flight − ?

2. to – counter – the – check in – go
3. will – the – as – take off – plane – scheduled
4. here – long – staying – you – how – are – ?
5. like – to – book – three – tickets – we – return – would
6. your – please – seat – fasten – belts
7. what – let – your – time – arrives – train – me – know
8. Paul – at – the – will – you – airport – meet
9. forward – all – looking – are – we – you – meeting – to
10. buy – your – ticket – forget – to – return – don't

## GRAMMAIRE
## LE DOUBLE COMPARATIF

*Le double comparatif sert à exprimer la progression :*
• *de plus en plus*
- *avec un nom* (more and more restaurants, more and more work)
- *avec un adjectif* (older and older, more and more comfortable, better and better)
• *de moins en moins*
- *avec un nom* (less and less work, fewer and fewer customers) (fewer *avec un nom pluriel*)
- *avec un adjectif* (less and less difficult)

## EXERCICE

*Traduisez les phrases suivantes :*
1. Les voyages sont de plus en plus courts.
2. Et les prix sont de moins en moins chers.
3. Les passagers voyagent avec de moins en moins de valises.
4. Il a de moins en moins de temps pour voyager.
5. De plus en plus de gens parlent anglais.

### ▮ EXPRESSIONS ET PROVERBES

• Le **"jetlag"** est la fatigue due au décalage horaire, à ne pas confondre avec **"time difference"** ou **"time zone"**, décalage horaire entre une ville et une autre.

• **Fare** : prix (tarif) d'un billet de train, d'avion, de bateau, de bus et prix d'une course en taxi.

**"What's the fare?"** (C'est combien ?)

• Attention au mot **"luggage"** (bagages, valises). C'est un terme collectif indénombrable :

**How much luggage have you got? / do you have?**

Au singulier, on dit *"a piece of luggage"* (dans le sens de « valise »)

**I have two pieces of luggage.** (J'ai deux valises.)

**Suitcase, bag** traduisent aussi le mot « valise ». **Baggage** est plus utilisé aux Etats-Unis.

• **Schedule** [la première syllabe est prononcée « ché » (GB) ou « ské » (US) = programme, planning, horaire]

**His schedule is tight.** (Son emploi du temps est serré.)

**Timetable:** emploi du temps (scolaire), horaire (train, avion, bus).

All roads lead to Rome. Tous les chemins mènent à Rome.
Better late than never. Mieux vaut tard que jamais.

☀: "The world is a book and those who do not travel only read a page."

☀: "What is traveling? Changing your places? By no means! Traveling is changing your opinions and prejudices." (Anatole France) (*prejudice*: préjugé).

It's no picnic: Ce n'est pas une partie de plaisir.

# BOOKING
# A HOTEL ROOM
### RÉSERVER UNE CHAMBRE D'HÔTEL

■ VOCABULAIRE

réserver : **book / reserve**
faire une réservation : **make a reservation**
chambres libres : **vacancies**
complet : **no vacancies / fully booked / booked up**
libre, disponible : **free / available**
hébergement : **accommodation**
hôtel 4 étoiles : **four-star hotel**
tarifs : **rates**
réception : **front desk**
passer la nuit : **stay overnight**
chambre double : **double room**
chambre simple, à un lit : **single room**
chambre à deux lits : **twin-bedded room**
grand lit : **double bed (king-size bed** (US) : grand lit ;
**queen-size bed** (US) : très grand lit)
lits superposés : **bunk beds**
lit supplémentaire : **extra bed**

chambres côte à côte : **adjoining rooms / suite**

pension complète : **full board**

demi-pension : **half board**

TVA : **VAT**

remplir un formulaire : **fill in / out a form**

fiche de renseignements : **registration card**

numéro d'immatriculation : **car registration number**

bon de réservation : **voucher**

arriver à l'hôtel : **check in**

bagages : **luggage** (GB) **baggage** (US)

régler sa note, libérer la chambre : **check out**

heure d'arrivée / de départ : **check in / check out time**

faire payer : **charge**

air conditionné : **air conditionning**

équipement : **facilities**

ventilateur : **fan**

chauffage : **heating**

parking privé : **private car park**

## SITUATIONS DE COMMUNICATION

Do you have / Have you got (GB) any rooms available / free for next week? *(Avez-vous des chambres disponibles pour la semaine prochaine ?)*

How long will you be staying? *(Combien de temps resterez-vous ?)*

I'll put you on the waiting list. *(Je vous mets sur liste d'attente.)*

I'd like to book a double room with bath. *(J'aimerais réserver une chambre double avec salle de bains.)*

We have booked a room / We have a reservation for two nights. *(Nous avons une réservation pour deux nuits.)*

What are your rates? *(Quels sont vos tarifs ?)*

How much is it per night? *(Quel est le prix pour une nuit ?)*

I'd like to stay an extra night. *(J'aimerais rester une nuit supplémentaire.)*

Is there a discount / reduction for... *(Accordez-vous une réduction pour... ?)*

How would you like to pay? *(Comment voulez-vous payer ?)*
Can you leave a deposit? *(Pouvez-vous verser des arrhes ?)*
What time is breakfast served? *(A quelle heure servez-vous le petit déjeuner ?)*
What time do we have to check out? *(A quelle heure devons-nous libérer la chambre ?)*
What name is the booking in? *(La réservation est à quel nom ?)*
The booking is in the name of... *(La réservation est au nom de...)*
Do you need confirmation? *(Voulez-vous une confirmation ?)*
I'll send a fax to confirm the reservation. *(Je vous envoie un fax pour confirmer la réservation.)*

## APPLICATION

*Complétez les phrases avec les mots suivants :* available – check out – fill in – double room – facilities– front desk – vacancies – included – bath – get – book – registration form.

1. I would like to ...... two rooms in your hotel.
2. You'll have to ...... before 12.
3. Could you please ...... this ......?
4. Is breakfast ......?
5. We would like a ...... with ......
6. Do you have rooms ...... for the end of June?
7. Does your hotel provide ...... for children?
8. Go to the ......to check in.
9. How can we ...... to your hotel?
10. We are sorry; there are no ...... for tonight.

## GRAMMAIRE
### PRONOMS PERSONNELS SUJETS ET COMPLÉMENTS

| Pronoms personnels sujets | Pronoms personnels compléments |
| --- | --- |
| I | me |
| you | you |

| | |
|---|---|
| he | him |
| she | her |
| it | it |
| we | us |
| you | you |
| they | them |

*Ils se placent après le verbe en anglais (avant en français).*
> I have given them the key. *(Je leur ai donné la clé.)*
> We'll send you a fax as soon as possible. *(Nous vous enverrons un fax dès que possible.)*

*Ils se placent entre le verbe et sa particule s'il y en a une.*
> We'll pick her up at 6. *(On ira la chercher à 6 heures)*
> Put them on. *(Mets-les.)*


## EXERCICE

*Transformez ces phrases en utilisant les pronoms personnels :*
1. Please can you fill in <u>this registration form.</u>
2. Could you pick up <u>Fred</u> at the airport?
3. I like working with <u>my new colleagues.</u>
4. It's cold outside, put <u>your coat</u> on.
5. I met <u>Jennifer</u> outside the restaurant.
6. I'm sorry I'll have to push back <u>the date.</u>


## EXPRESSIONS ET PROVERBES

• **to travel light:** voyager léger
**to make room for:** faire de la place pour
**room temperature:** température ambiante
**There is room for five people.** Il y a de la place pour cinq.

Travel broadens the mind. Les voyages forment la jeunesse.
When in Rome, do as the Romans do. A Rome, fais comme les Romains.

It's better to travel hopefully than to arrive. On jouit plus du voyage que de l'arrivée.

☼: "A hotel is a place where you're paying 75 dollars a day – and they call you a "guest"." ("guest" a deux sens : « invité » et « client d'un hôtel ».)

☼: "When people go to a resort hotel for a change and a rest, the bellboy gets the change and the hotel gets the rest." (jeu de mots : "change" signifie « changement » et « monnaie ».) (*bellboy*: groom)

👁 Par superstition, il n'y a pas de 13e étage dans les hôtels aux Etats-Unis, ni de chambre n° 13. Par ailleurs, il est courant de faire baisser le prix de la chambre d'hôtel.

on second thoughts:
réflexion faite.

# AT THE RESTAURANT

## VOCABULAIRE

réserver une table : **book a table / make a reservation**
annuler une réservation : **cancel a booking / reservation**
A quel nom ? : **In what name?**
réservation : **booking**
déjeuner : **have lunch**
dîner : **have dinner**
restaurant classique / exotique : **traditional / ethnic restaurant**
italien / chinois / indien : **Italian, Chinese, Indian**
disposition de la table : **table lay out**
chic : **fancy, classy**
décontracté : **cool, casual, relax**
serveur, serveuse : **waiter, waitress**
au menu: **ON the menu**
menu : **set menu**
à la carte : **à la carte**
plat du jour : **today's special / dish of the day**
fait maison : **home-made**
à volonté : **all you can eat**

art, cuisine élaborée : **cuisine ("French cuisine")**
buffet salades : **salad bar**
entrée : **starter** (GB), **appetizer** (US)
plat principal : **main course** (GB), **entree** (US)
frites : **chips** (GB), **French fries** (US)
desserts : **sweets, afters** (GB)
boissons non alcoolisées : **soft drinks**
boissons alcoolisées : **alcoholic beverages**
eau plate / gazeuse : **still / sparkling water**
liste des vins : **wine list**
cuisine, cuisson : **cooking**
l'addition : **the check** (GB), **the bill** (US)

## SITUATIONS DE COMMUNICATION

I'd like / I want to book a table for this evening at 8. *(J'aimerais réserver une table pour ce soir 8 heures)*
I'd like to book a table in the name of... *(J'aimerais réserver une table au nom de... )*
For how many people? *(Pour combien de personnes ?)*
Party of 6 (US). *(Six personnes.)*
We have a reservation. *(Nous avons une réservation.)*
What's the name please? *(A quel nom ?)*
Sorry, we're full up / booked / booked out. *(Désolé[e], nous sommes complets.)*
We'll have a free table at 9. *(Nous aurons une table à 9 heures.)*
You don't need a reservation. *(Vous n'avez pas besoin de réserver.)*
Can you give us a quiet table? *(Pourriez-vous nous donner une table tranquille ?)*
Would you like to join us for dinner? *(Voulez-vous dîner avec nous ?)*
What kind of food do you serve / have? *(Quel genre de nourriture servez-vous ?)*
I like all sort of food. *(J'aime toutes sortes de nourritures.)*

What are your specialties? *(Quelles sont vos spécialités ?)*
Do you have vegetarian food / dishes? *(Avez-vous des plats végétariens ?)*
Mr Paul is on a special diet. *(M. Paul a un régime spécial.)*
Shall we take the set menu or à la carte ? *(On prend le menu ou la carte ?)*

### APPLICATION

*Liez les mots de la colonne de gauche à ceux de la colonne de droite :*

| | |
|---|---|
| 1. serve | a. a toast |
| 2. recommend | b. Italian food |
| 3. book | c. the bill |
| 4. make | d. the waitress |
| 5. bring | e. excellent food |
| 6. call | f. a table |
| 7. pay | g. a restaurant |
| 8. like | h. us |
| 9. have | i. French cuisine |
| 10. join | j. dinner |
| 11. order | k. the menu |

### GRAMMAIRE
### LES PRONOMS RELATIFS "WHO", "THAT", "WHICH" (qui) ET "WHOSE" (dont)

• **who / that** *avec pour antécédent une personne :*
- *sujet* who / that :

  The woman who / that made the reservation doesn't speak English. *(La femme qui a fait la réservation ne parle pas anglais.)*
- *complément* who(m) / that / omission :

  The client who(m) / that / Ø I had dinner with lives in London. *(Le client avec lequel j'ai dîné habite à Londres.)*

• **which / that** *avec pour antécédent une chose ou un animal :*
- *sujet*

> The restaurant which serves seafood is over there. *(Le restaurant qui sert des fruits de mer est par là.)*

- *complément*

> The restaurant which I prefer is too expensive. *(Le restaurant que je préfère est trop cher.)*

• **whose** *pour traduire « dont » :*

> I recommend this restaurant whose terrace is pleasant and whose chef is outstanding. *(Je recommande ce restaurant dont la terrasse est agréable et dont le chef est remarquable.)*

## EXERCICE

*Choisissez le bon pronom relatif :*
1. The waitress whom / who served us was French.
2. The food Ø / whose we had was excellent.
3. The restaurant which / whose owner I know is Italian.
4. My client that / which I treated to dinner will come back soon.
5. The reservation who / Ø we made was not confirmed.

## EXPRESSIONS ET PROVERBES

• **Cheers / Here's for you!** A la vôtre !
**drink / make a toast to...:** porter un toast à...
**One for the road!** Un pour la route !
**My treat / it's on me.** C'est moi qui paye.
**treat someone to a meal:** inviter quelqu'un à dîner
**it's a piece of cake:** c'est facile
**it's not my cup of tea:** ce n'est pas mon truc
**to have a sweet tooth:** aimer les douceurs
• Cuisson de la viande : saignant : **rare** – à point : **medium** – bien cuit : **well done**

The proof of the pudding is in the eating. A l'œuvre on connaît l'artisan.

You can't have your cake and eat it. On ne peut pas avoir le beurre et l'argent du beurre.

Don't put your eggs in one basket. Ne mettez pas tous vos œufs dans le même panier.

An apple a day keeps the doctor away. Une pomme par jour éloigne le médecin.

Too many cooks spoil the broth. A chacun sa spécialité.

☼: "In San Francisco, there's a Chinese restaurant that serves all you can eat for one dollar – but they give you only one chopstick." (*chopstick*: baguette)

👁 "All you can eat" est un type de restauration répandu aux Etats-Unis : vous payez un prix fixe et vous vous servez au buffet autant que vous voulez... Le résultat est facilement visible !

food for thoughts:
matière à réflexion.

# SMALL TALK
## CONVERSATIONS INFORMELLES

👁 Le "small talk" ou "social talk", ce sont ces conversations
entretenues avec des correspondants anglo-saxons en dehors
des réunions ou négociations et qui permettent de construire
de meilleures relations professionnelles. Elles aident à mieux se
connaître et donc à mieux se comprendre. Une bonne relation
personnelle crée une meilleure relation de travail. Le plus difficile est de parler de sujets divers en anglais avec des personnes
que souvent l'on ne connaît pas très bien.
Ces expressions peuvent être aussi considérées comme des
"ice-breakers" (briseurs de glace) !
Evitez tout de même de parler de religion et de politique.
Voici de quoi vous aider à vous en sortir !
Make friends now...

Trip
  How was your flight / trip?
  Did you have a nice / good trip / flight?
  Do you travel much for your job?
English
  When did you study / learn French / English?
  How long have you studied it?

## Visit

Have you been here before?

Is this your first time in New York?

Is this your first visit to London?

How long are you staying?

How long are you here for?

Are you enjoying your stay?

Do you know London at all?

Have you lived in the States?

## Weather

What's the weather like in your country now?

How's the weather over there?

Did you have a nice weather in...?

## Country

Where are you from?

Where in England are you from?

Where exactly do you come from?

What is Manchester like?

When did you move to London?

How long have you lived there?

## Family

Are you married? est une question trop directe. Préférez :

Did your wife come with you?

Do you have any children?

How old are they?

Are they sudents?

What are they studying?

## Food / hotel

Do you enjoy the restaurants here?

What would you like to eat?

Would you enjoy a good Chinese (Japanese) restaurant?

Do you like French wines?

Could you suggest a good Californian wine?

Where are you staying?

Is your hotel all right?

<u>Job</u> / <u>business</u>

    What exactly do you do?

    What sort of work do you do?

    What line of business are you in?

    What department are you in?

    Who do you work for?

<u>Recent events</u>

    Did your read about ..... in the newspaper today? (date précise)

    Have you heard the news? (général)

    Have you read / heard about the .....?

    How do you feel about .....?

<u>Interest (hobbies, sports, holidays, music, books, films)</u>

    Do you enjoy a good game of tennis / golf?

    Are you into tennis / golf?

    Have you been away on holiday / vacation recently / lately?

    Where have you been?

    Are you going away this summer?

    What kind of music do you like?

    Do you like jazz?

    Do you enjoy reading?

    What sort of books do you read / like?

    Have you read Paul Auster's latest book?

    What do you do in your free time?

    What are your feelings on ...?

## GRAMMAIRE
## FORMATION DES NOMS

*On peut former des noms par dérivation ou par composition.*

**La dérivation** : *on ajoute au mot un préfixe (avant) ou un suffixe (après).*

• *Pour former des noms*

| nom + suffixe | freedom, brotherhood, backache, friendship, mouthful |
|---|---|
| adjectif + suffixe | generality, carefulness, modernism |
| verbe + suffixe | trainer, departure, approval, management, breakage |

## La composition

• *Pour former des noms composés*

| verbe + ing + nom | living-room, sleeping-pill, washing-machine, swimming-pool |
|---|---|
| verbe + nom | breakfast, pickpocket |
| verbe + préposition | hold up, take off, breakthrough |
| nom + nom | teacup, weekend, bookshelf, armchair, chairman |
| nom + verbe | sunset, sunrise, daybreak, earthquake |
| nom + verbe + ing | stamp-collecting, mountain-climbing, film making, story telling |
| nom + verbe + er | dish-washer, goal-keeper, taxi-driver |
| adverbe + nom | late riser, under production, |
| préposition + nom | outcast, outlaw |
| adjectif + nom | blackboard |

## EXERCICE

*Formez des noms à partir de ces verbes (il peut y en avoir plusieurs) :*
apply – refuse – enroll – imagine – create – improve – appear – know – press – bring up – reduce – exclaim – propose – train – manage – employ – renew

## EXPRESSIONS ET PROVERBES

☼ "It isn't so much what we say as the number of times we say it that makes us a bore." (*a bore*: un casse-pieds, un raseur)

☼ "As a man grows older and wiser, he talks less and says more."

☼ "It is hard to raise a family – especially in the morning." (jeu de mots avec *raise a family* : élever une famille et *raise*: ici se lever le matin)

be out of the picture:
être de l'histoire ancienne.

# THE COMPANY
## STRUCTURE, ORGANIZATION

### VOCABULAIRE

organigramme, structure : **organization chart, structure**
chef d'entreprise : **entrepreneur**
P.D.-G. (Président-directeur général) : **(Chairman and) Managing Director** (GB) / **CEO (Chief Executive Officer)** (US)
la direction : **management team, senior / top management**
directeur général : **General Manager**
siège social : **head office / headquarter**
maison mère : **parent company**
filiale : **subsidiary**
succursale : **branch**
SARL (société à responsabilité limitée) : **Private Limited company (Ltd)**
SA (société anonyme) : **Public Limited Company (PLC)** (GB) / **Incorporated (Inc.)** (US)
actionnaires : **shareholders** (GB) / **stockholders** (US)
conseil d'administration : **board of directors**
assemblée générale : **general assembly**

statuts (règlement intérieur) : **articles of association** (GB) / **by-laws** (US)

PME (petite et moyenne entreprise) : **small and medium sized enterprise (SME)**

nationalisé : **state-owned**

société : **company, firm, corporation, enterprise (society** en anglais signifie généralement une association à but non lucratif)

locaux : **premises**

cadre : **executive**

cadre supérieur : **senior / top executive**

jeune cadre : **junior executive**

service, département : **department**

poste, fonction : **position**

missions, responsabilités : **tasks, duties**

niveau : **layer, level**

hiérarchie : **hierarchy, chain of commands**

basée, située : **located, based, situated**

créer : **set up, create, start up, found**

sous-traitant : **sub-contracter**

client : **client** (achète des services ) / **customer** (achète des produits)

fabriquer : **manufacture**

fournir : **provide**

rachat : **takeover**

fusion : **merger**

OPA (offre publique d'achat ): **takeover bid**

mondialisation : **globalization**

| | |
|---|---|
| Service du personnel | **Personnel Department** |
| Ressources humaines | **Human Resources Department** |
| Service financier, comptabilité | **Finance, Account Department** |
| Service juridique | **Legal Department** |
| Service commercial | **Commercial / Sales Department** |

| Service publicité | **Advertising Department** |
| Service formation | **Training Department** |
| Service d'études et de recherche | **Research and Development Department** |
| Service entretien | **Maintenance Department** |
| Service expéditions | **Shipping Department** |
| Archives | **Record Department** |
| Service contentieux | **Claims Department** |

## SITUATIONS DE COMMUNICATION

This is the organigram / organization chart of our company showing how we are structured / organised. *(Voici l'organigramme de notre société indiquant notre structure.)*

The company is divided / split into three departments / divisions. *(La société / l'entreprise est divisée en trois services.)*

The company was founded / set up / created in 1989. *(La société a été créée en 1989.)*

Then it merged with a Belgian company. *(Puis elle a fusionné avec une société belge.)*

Our company is based / located / situated in Paris. *(Notre société se trouve / est basée à Paris.)*

New models of organization have been implemented in the late 90's. *(De nouveaux modèles d'organisation ont été mis en place à la fin des années 1990.)*

He is ready to take risks, he started up his own company. *(Il est prêt à prendre des risques, il a créé sa propre compagnie.)*

It is a Swiss company whose head office is in Geneva. *(C'est une société suisse dont le siège social est à Genève.)*

Mr Bright's company ranks among the world's ten leading companies. *(L'entreprise de M. Bright figure parmi les dix premières mondiales.)*

## APPLICATION

*Liez le mot à sa définition :*

| | | |
|---|---|---|
| 1. premises | a. place |
| 2. merger | b. manage |
| 3. takeover | c. buildings which are part of a business |
| 4. head office | d. the main office where the managers work |
| 5. run | e. someone who holds a senior position |
| 6. executive | f. get control of a company |
| 7. location | g. joining two companies to form only one |

## GRAMMAIRE
## EXPRIMER LE BUT

*On exprime le but en utilisant :*
* *l'infinitif*

   He moved to New York to set up his company.
* **in order to :**

   The chairman went to Japan in order to discuss the merger.
* **for +** *nom* **:**

   He moved to New York for business.
* **so that** *(afin de)* **+** *présent (pour parler de l'avenir)* **:**

   She works part time so that she can take care of her child.

   I'll write it down so that I don't forget it.
* **so that + would / could** *(pour parler du passé)* **:**

   He moved to NY so that he would set up his company.

## EXERCICE

*Complétez ces phrases :*
1. The chairman opened the door so that we ...... come in.
2. The junior executive came to me ...... advice.
3. The personnel manager will place an ad so that he ...... a new assistant.

4. We left the office earlier so that we ....... go to the cinema.
5. I met the manager in order to ...... the new strategy.
6. John arrived earlier for his ...... with his manager.


## EXPRESSIONS ET PROVERBES

• **work one's way up:** gravir les échelons
**work like a dog:** travailler comme un fou
**It's none of your business.** Cela ne vous regarde pas.

No pain, no gain. On n'a rien sans peine.
A stich in time saves nine. Mieux vaut prévenir que guérir.
When there is a will there is a way. Vouloir, c'est pouvoir.

👁 Les Américains ont une attitude au travail bien différente des Européens. Le succès est accessible à tous. Il suffit de travailler dur et de mettre en valeur ses mérites personnels, d'où l'expression : "be a workaholic" (être un drogué du travail).

the ins and outs: les tenants
et les aboutissants.

# THE STAFF
## LE PERSONNEL

VOCABULAIRE

effectif : **workforce**
main-d'œuvre : **manpower, labour, labor** (US)
personnel : **staff, employees, personnel**
faire partie du personnel : **be on the staff / on the payroll**
équipe : **team**
patron : **boss**
chef d'entreprise : **entrepreneur**
être responsable de : **be in charge of, be responsible for,
be accountable for**
être responsable devant : **be responsible to, report to**
assumer des responsabilités : **undertake responsibilities**
s'occuper de, gérer : **handle**
diriger : **manage, run**
diriger un service : **head / be in charge of a department**
superviser, contrôler : **supervise, control, check**
nommer : **appoint, nominate**
faire équipe avec : **team up with, work as a team**
fournisseur : **supplier**

sous-traitant : **subcontractor**

collaborateur extérieur, indépendant : **free lancer**

stagiaire : **trainee, intern** (US)

gravir les échelons, s'élever dans la hiérarchie : **work one's
way up**

## SITUATIONS DE COMMUNICATION

Titres et fonctions :

Chairman: Président

Managing Director (GB), CEO / Chief Executive Officer: *Directeur général*

Finance Director: *Directeur financier*

Deputy Finance Manager: *Directeur financier adjoint*

Sales Director: *Directeur commercial, Directeur des ventes*

Purchasing Manager: *Directeur des achats*

Production Manager: *Directeur de production*

Human Resources Director / Personnel Manager: *Directeur des ressources humaines*

Public Relations Manager: *Directeur de la communication*

Marketing Manager: *Directeur du marketing*

Head of Legal Department: *Directeur du service juridique, Contentieux*

Chief / Head Accountant: *Chef comptable*

Chartered Accountant (GB) / Certified Accountant (US): *Expert-comptable*

General Secretary / Company Secretary: *Secrétaire-général*

Cost controller: *Directeur de gestion*

Export Manager: *Directeur export*

Receptionist: *Hôtesse d'accueil*

Sales Representatives: *Représentants*

Auditor: *Commissaire aux comptes*

There are 54 members of staff / employees in the company.
*(La société est composée de 54 salariés.)*

We employ 250 people worldwide.

We have 30 employees in our head office. *(Notre siège social comprend 30 salariés.)*

The department is headed by James Minor. *(Le service est dirigé par James Minor.)*

The Chairman is accountable for his decisions. *(Le président est responsable de ses décisions.)*

This post / position involves considerable responsibilities. *(Ce poste comporte d'importantes responsabilités.)*

Who's in charge? *(Qui est le responsable ?)*


## APPLICATION

*Remplacez les titres français par des titres en anglais.*
Président
Directeur général
Directeur financier
Directeur des ressources humaines
Directeur marketing
Responsable des ventes
Chef comptable
Directeur de la formation


## GRAMMAIRE
### ADJECTIFS + PRÉPOSITIONS

*La préposition accompagne certains adjectifs pour introduire un complément :*
**about**: angry (about something), serious
**at**: good, bad, shocked, surprised (*aussi* surprised by)
**for**: responsible, ready, sorry
**from**: different, separate, absent
**in**: interested, dressed, involved *(impliqué)*

**of**: afraid, aware *(conscient)*, ashamed *(honteux)*, tired, jealous
**on**: keen, dependent
**to**: nice, kind
**with**: pleased, satisfied, happy, disappointed (with something)

## EXERCICE

*Ajoutez la bonne préposition :*
1. Peter was disappointed ...... the proposal.
2. I'm not responsible ...... the delay.
3. He is always interested ...... his job.
4. Mr Simpson is very different ...... Mr Black.
5. We must be aware ...... the difficulties.
6. Helen came to the meeting dressed ...... black.
7. We are all sorry ...... the bad results.
8. The Human Resources Director was not satisfied ...... the new candidates.
9. She's good ...... repairing computers.
10. I am pleased ...... my new job.
11. Patrick was serious ...... hiring more people.
12. We were all surprised ...... (ou ......) the news.
13. He was so nice ...... me.
14. Don't be afraid ...... the dog.
15. Jack is dependent ...... his manager's decision.
16. I am keen ...... TV.

## EXPRESSIONS ET PROVERBES

• **colleague, co-worker, team member, partner:** collègue
**team spirit:** esprit d'équipe
**team work:** travail d'équipe
**work as a team / team up with:** faire équipe avec
**work one's way up:** gravir les échelons, s'élever dans la hiérarchie

You don't get something for nothing. On n'a rien sans rien.
Many hands make light work. A plusieurs mains, l'ouvrage avance.
All work and no play make Jack a dull boy. Il n'y a pas que le travail qui compte. / A toujours travailler, les enfants s'abrutissent.
Union makes strength / United we stand, divided we fall / Strength through unity. L'union fait la force.

☼: "An executive is one who hires others to do the work he's supposed to do." (*hire*: embaucher)

☼: "Some workers are trying to make both week-ends meet." (jeu de mots avec "to make ends meet": joindre les deux bouts)

👁 Les Américains ont besoin d'établir un espace physique plus grand que les Français. En conséquence, ils n'aiment pas qu'on les touche, ni être trop près les uns des autres.

have other fish to fry: avoir d'autres chats à fouetter.

# MEETINGS (1)
RÉUNIONS

Preparation – opening – First item

## VOCABULAIRE

ordre du jour : **agenda**
établir l'ordre du jour : **draw up the agenda**
points, sujets : **points, items, topics, subjects, matters**
convoquer une réunion : **call a meeeting**
fixer une réunion : **set up / arrange a meeting**
conduire, présider une réunion : **chair a meeting**
durer : **last**
animer : **run**
intervenir : **contribute**
intervenant : **contributor**
intervenant principal : **keynote speaker**
prendre la parole : **take the floor**
participer : **attend**
tenir, se tenir : **hold**
annuler : **cancel, call off**
ajourner : **postpone**
reporter : **put off**

avancer : **bring forward**
avoir lieu : **take place**
compte rendu : **minutes**
rédiger le compte rendu : **write up the minutes**
questions diverses : **AOB (any other business)**
résultat final : **outcome**
tableau papier : **flipchart**

## SITUATIONS DE COMMUNICATION

*Préparation*
• <u>What type of meeting?</u>: meeting, conference, chat *(discussion)*, get-together *(petite réunion informelle)*, meeting of the board *(conseil d'administration), etc.*
• <u>What ... for?</u> *(objectifs à atteindre* – objectives to achieve*)* : exchange information – give information – make a decision – reach an agreement *(arriver à un accord)* – boost the morale *(remonter le moral)* – solve a problem, etc.
• <u>Who?</u>: the audience, the participants, the delegates, the minute-taker.
Who will chair the meeting? Who will attend the meeting? Who will take the minutes?
• <u>Where, when?</u>: where and when will it take place? Equipment needed.
• <u>How long?</u> Timing, deadline *(limite dans le temps, délai)*. How long will the meeting last?

*Opening the meeting*
<u>Starting</u>
> Let's get down to business / Shall we start? (formal)
> OK, can we start?
> Let's get started.

<u>Welcoming people</u>
> Good morning everyone, welcome!
> I'm very pleased to welcome you here today. (formal)
> It's a pleasure to welcome you.

I'd like to start by welcoming Mr...

## Introducing people

I'd like to introduce Mrs...

I believe you all know each other.

I don't think you know each other, could I ask each one to introduce himself?

## Introducing the agenda

Do you all have a copy of the agenda?

As you can see, there are four items on the agenda. I suggest we take them in order / I suggest we follow the agenda.

Is there any other business?

Let me go over the main points.

## Stating the objectives

I've called this meeting to hear your views on... (formal)

We're here today to discuss...

Our objective today is to...

The purpose / subject of today's meeting is...

The issue I'd like to discuss is...

## Timing

We have a deadline to meet. *(Nous avons un délai à respecter.)*

This meeting should take about two hours.

I would like to finish by 5 o'clock.

We'll stop at 1 and start again / resume at 2.

*Si le temps manque :*

We're short of time.

Time is running short.

We are behind schedule.

## Roles and tasks

Peter, could you take the minutes?

Mr Reeves will give us a report on...

Annie is going to present her report on...

Helen, could you give us the background?

John, perhaps you could start?

First item

> The first item on the agenda is...
> Mr Denis is going to present the...
> The first thing we need to talk about is...

Closing an item *(conclure le 1<sup>er</sup> point)*

> I think that covers the first point.
> Let's leave it here for today.

Next item

> Let's move on to the next item.
> This brings us to the question of...
> The next item on the agenda is...

## APPLICATION

*Complétez ces phrases avec les mots suivants :* agenda – chair – minutes – attend – items – call – take place

1. I hope you had a chance to look through the .....
2. Catherine, please could you take the .....?
3. Our next meeting will ..... in London.
4. Mr Claude Poster will ..... the meeting.
5. 25 people will ..... the meeting.
6. There are four ..... on the agenda.
7. I have ..... this meeting to discuss the new plan.

## GRAMMAIRE
## DEMANDER / DONNER SON OPINION

• *Demander l'opinion :*

**What is your opinion about** foreign market?
**What are your feelings about** the future merger?
**What are your views on** flexitime?
**How do you feel about** the proposal?
**What do you think?**
**What do you think about** this new policy?

**Any comments?**
**Has anybody any comments to make?**

• *Donner son opinion :*
**I'm sure (that)** the prices will increase next year.
**I'm convinced** we made the right choice.
**It is clear to me that** we should invest.
**I have no doubt** the project must be cancelled.
**I think we should** diversify our production.
**As I see it,** the profits are high.
**In my opinion,** Mr Smith isn't doing a good job.
**I feel** it is time to change our objectives.
**I tend to think** Simon is right.
**It seems to me** we should ask for a loan.


### EXERCICE

*Donnez votre opinion sur ces deux sujets :*
1. Your manager has decided to reduce the prices.
2. Your best friend decides to move to the country.


### EXPRESSIONS ET PROVERBES

• Attention :
**an agenda** = ordre du jour (pour une réunion) *mais* un agenda
= **a diary, an appointment book**
**to resume = to start again** (reprendre après une interruption) **(We'll stop at 1 and resume at 2.)**
• **get the message across, get the information across:**
faire passer le message, les infos
**I hope we'll get something positive out of this meeting.**
(J'espère que quelque chose de positif sortira de cette réunion /
que vous en tirerez...)
**get the project off the ground:** faire démarrer le projet

**call a meeting at short notice:** convoquer une réunion à la dernière minute

• Attention : un **"meeting"** peut réunir 2 personnes ou 25... Son style peut être formel (**"formal"**) ou informel (**"informal"**).

👁 Attention à la ponctualité (punctuality), pour les réunions comme pour les rendez-vous. Les Américains sont toujours à l'heure aux réunions. Pour eux, c'est une forme de respect et en outre, "Time is money"!

☀ "The price of mastery in any field is thorough preparation." (*thorough*: approfondi)

☀ "A conference is a meeting to decide when and where the next meeting will be held." (*will be held*: se tiendra).

take the floor: prendre la parole.

# MEETINGS (2)

Controlling – giving the floor – interrupting – questions

## VOCABULAIRE

traiter d'un sujet : **deal with**
couvrir : **cover**
respecter : **keep to, stick to**
s'éloigner du sujet : **get off the point / side-tracked**
repousser : **postpone**
sauter : **skip**
consacrer : **devote**
faire l'objet de : **take up**
entrer dans les détails : **go into details**
en venir à : **get at**
intervenir, interrompre : **come in here**
vote à mains levées : **show of hands**

## SITUATIONS DE COMMUNICATION

<u>Moving off the point</u> *(s'éloigner de la question)*
    It isn't on the agenda but...

This could be a good point to discuss / talk about.

Referring forward *(traiter plus loin)*

We'll come to that point later.

We'll deal with it later.

That point is coming up later.

Keeping to the agenda *(respecter l'ordre du jour)*

We're getting off the point. *(Nous nous éloignons du sujet.)*

Can we come back to the question?

We are getting side-tracked. *(On s'éloigne du sujet.)*

That's beside the point.

We must stick to the items on the agenda. *(respecter l'ordre du jour)*

Let's get back to the main point.

Postponing *(repousser un point)*

Can we skip the next item?

I suggest we deal with this point in another meeting.

I suggest we take that up in another meeting.

We'll devote another meeting to the study of...

Giving the floor *(donner la parole)*

Mr Paul, I'd like to have your views on...

I think Mrs Lebrun has something to add.

I'd like to know if Miss Trump shares my opinion / views.

Can we hear what John has to say?

Giving too many details

A global view is enough.

There is no need to go into details at present.

Clarity

I don't get your point.

I don't see what you are getting at.

What are you getting at?

Giving and asking for opinions

*(voir Grammaire Unit 26)*

Interrupting

> May I come in here?
> Can I say something here?
> Can I add something?
> There is another way of looking at this.
> I'd like to develop one point.
> May I interrupt?
> Would anyone like to come in here?

Finishing the point

> John, we'll come to your views in a minute.
> I haven't finished what I was saying.
> Let Jane finish, will you?

Suggestions

> *(voir Grammaire Unit 33)*

Questions

> Do you see what I mean?
> Don't you think we could...?
> Do you have any choice?
> What sort of problems do you have?
> What exactly do you mean by...?
> Could you be more specific?
> Could you say more on...?
> Shouldn't we consider...?
> If I follow you correctly...

Vote

> Why dont we put it to the vote?
> Shall we have a show of hands? *(vote à mains levées)*

## APPLICATION

*Ajoutez le mot manquant selon le sens de la phrase (plusieurs possibilités) :*

1. Time is running short; we'll have to ..... this item.
2. Could you limit yourself to 5'? We have a ..... to meet.
3. This is not on the agenda; you're ..... the point.

4. We'll ..... this ..... in another meeting.
5. John, please, can I have your ..... on this matter?
6. I don't get your point. What are you .....ing .....?


## GRAMMAIRE
## I LIKE / I DON'T LIKE

• I like speak**ing** English.
I enjoy business trips / go**ing** on business trips. *(aimer bien)*
I love meet**ing** new people.
I am fond of good wines. *(apprécier)*
He is crazy about modern American litterature.


• She doesn't like speak**ing** in public.
She dislikes travell**ing** alone.
I can't stand / can't bear late meetings. *(je ne supporte pas)*
He can't stand / bear work**ing** long hours.
He hates be**ing** late. *(déteste)*
I don't care much for cakes. *(je n'aime pas beaucoup)*


## EXERCICE

*Traduisez les phrases suivantes :*
1. Je n'aime pas travailler avec M. Bore.
2. Il déteste que nous répétions.
3. Il aime les châteaux de la Loire.
4. Je ne supporte pas de me lever trop tôt le matin.
5. Il aime bien fumer un cigare de temps en temps.

### EXPRESSIONS ET PROVERBES

**The meeting was:**

| + | – |
|---|---|
| productive | unproductive |
| fruitful | fruitless |
| helpful | a waste of time |
| useful | useless |
| enriching | pointless |
| interesting | boring |

☼ "When a speaker says" : "Well! to make a long story short", it is too late!" (*to make a long story short:* en bref, en résumé)

👁 Le but des réunions aux Etats-Unis est de prendre une décision (*make a decision*) ou d'arriver à un accord (*reach an agreement*), à l'inverse des réunions en France, où ce qui importe est d'avoir l'avis des interlocuteurs sur un ou plusieurs sujets.

> beat about (around US) the bush: tourner autour du pot.

# MEETINGS (3)

Agreeing – summarizing – clarifying – ending – thanking

## VOCABULAIRE

être d'accord avec : **agree with**
réfléchir : **think over, give some thought**
clarifier : **clarify**
résumer : **summarize**
reprendre : **recap**
rappeler quelque chose à quelqu'un : **remind someone of...**
conclure : **conclude**
commentaire : **comment**
constructif : **constructive**

## SITUATIONS DE COMMUNICATION

Agreeing, disagreeing *(accord, désaccord)*
*(voir Grammaire Unit 32)*

> I see what you mean.
> I see / get your point.
> I see what you are getting at.

## Time to think

Think it over!

I'll think it over.

You should give it some thought.

I just think we need more time.

## Clarifying

I'd like to clarify one point.

Let me clarify one thing.

Could you clarify that point?

Could you be more specific?

What exactly do you mean by...?

## Summarizing *(résumer)*

Let me / I shall briefly summarize the main points.

Let me (shall I) go over the main points?

If I've understood correctly,...

In brief (en somme)...

Let us review the situation.

Let's recap.

To put it simply...

Let's summarize what I have said.

Let me remind you of some of the points I have made.

## Ending

It's time to conclude.

Let's finish here.

We have covered everything.

We have to finish here.

The meeting is closed. (formal)

## Thanking

Thank you all for coming.

Thank you all for your contributions.

Thank you very much everyone.

Thank you all for your helpful information / constructive comments / contributions.

It was such a pleasure to have you all here today and I hope I'll see you very soon / in a near future.

## APPLICATION

*Donnez une phrase pour chaque situation :*
Clarifying:
Summarizing:
Agreeing:
Disagreeing strongly:
Taking time to think:
Ending:
Thanking:

## GRAMMAIRE
### EXPRIMER LA PRÉFÉRENCE

• I **like** this design **better**. I **like** it **best**.
• I **prefer** New York **to** London.

> I prefer driving my own car to taking the bus.
> I'd prefer him to come earlier. *(Je préférerais qu'il vienne plus tôt.)*

• I **would rather** ou I'**d rather** + infinitif sans to

> I'd rather leave now. *(Je préférerais partir maintenant.)*
> I'd rather not stay. *(Je préférerais ne pas rester.)*
> I'd rather work here **than** in Paul's office. (rather... than: *plutôt que*)

I'd rather + *sujet* + *passé*

> I'd rather you **did** it now. *(Je préférerais que tu le fasses maintenant.)*

## EXERCICE

*Traduisez les phrases suivantes :*
1. Nous préférerions prendre le train.
2. Il préférerait ne pas faire la présentation tout seul.
3. Je préfère la ville à la campagne.
4. Je préfère ce bureau.

5. Je préférerais rentrer ce soir plutôt que dormir à Londres.
6. Il préférerait que tu traduises le texte.


## EXPRESSIONS ET PROVERBES

• **Let's call it a day** (informal). Tenons-nous-en là.
**to put in a nutshell** (coquille de noix): en résumé, en bref
• **well-spoken:** qui parle bien
**articulate:** qui s'exprime bien
**talkative:** bavard
**voluble:** volubile
**communicative:** expansif

☼ "Etc. is the perfect word when you can't think of the right one."

☼ "A multiplicity of words indicates poverty of thought."
(*thought*: pensée)

☼ What is the longest word in the English language?

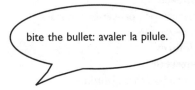

bite the bullet: avaler la pilule.

# PRESENTATIONS (1)

Greetings – subject – purpose – main parts – ordering – new point

## VOCABULAIRE

discours : **speech**
exposé, présentation : **presentation, talk**
persuader : **persuade**
informer : **inform**
divertir : **entertain**
donner les grandes lignes : **outline**
documents photocopiés : **handouts**

## SITUATIONS DE COMMUNICATION

### Greetings and Introducing yourself

Good morning, my name is Susan Twenty. I'm the Sales Director.
Welcome to Coco&Co.

Thanks for coming.

Thank you for inviting me here today.

Morning, everyone. I'm Elton John. As you know, I'm in charge of...

For those you don't know me already, my name's Matt Bright, I'm responsible for...

As most of you already know, I am Carol Wood.

Hi everyone, let me start by presenting myself. I am the new CEO.

## Subject

The subject / topic of today's presentation is ...

I'd like to speak / talk about...

I am going to talk about...

I am going to inform you on / to show you our latest range of products.

I'll tell you about our advertising campaign.

I am going to take a look at the sales figures.

I'll be reporting on the results of the campaign.

I am going to brief you on / inform you about / outline our activities.

## Purpose

We are here to decide / agree on...

The purpose of this presentation is to give you some background about...

This presentation is designed to...

The aim is to bring you up to date on...

## Main parts

I'll divide my presentation into four main parts.

I have divided my talk into four parts.

On this question there are four main areas / fields to cover / deal with.

## Ordering

Firstly, secondly, thirdly, finally

First, second, third, finally

Next, then

Let's move on to the next point.

That brings us to the question of...
Let's get back to the question of...
I think that covers the point / everything on...

New point

Let me turn to...
Let's now look at...
That brings me to the last point.

## APPLICATION

*Ajoutez la bonne préposition :*

1. Welcome ..... Mc Kenzie Corp.
2. Thanks ..... coming.
3. I am ..... charge ..... Research and Development.
4. Paul is responsible ..... all the new projects.
5. I'd like to inform you ..... our new range of products.
6. Let's take a look ..... the graph.
7. We're here to agree ..... the new advertising campaign.
8. I'll divide my presentation ..... three main parts.
9. I'll deal ..... the European market first.
10. Let's get back ..... the question of shipping.

## GRAMMAIRE
## MOTS DE LIAISON (1)

### • *addition*
besides *(d'ailleurs)*, furthermore *(en outre, de plus)*, moreover *(de plus)*

I can't go to Japan. Besides, I'll be in Germany at this date.
They didn't want to sign the new contract. Moreover, they laid off the manager.

### • *but*
in order to *(afin de)*, so that *(afin que, pour que)*

He took some English lessons in order to gain foreign markets.

They took a plane so that they could be there earlier.

• **comparaison**

as though, as if *(comme si)*

He behaved as though he was alone in the office.

• **concession**

in spite of, despite *(malgré)*, even though *(même si)*, although, though *(bien que)*

They managed to get into the building in spite of the strikers.

Despite his heavy schedule, he came to dinner.

Even though I am busy, I'll do it for you.

Although the prices went up, profit remains low.

## EXERCICE

*Choisissez le bon mot de liaison :*

1. She speaks German although / whereas her sister speaks Italian.

2. I went to Manchester in order to / despite practise my English.

3. So that / despite the snow he took his car.

4. Although / so that they are rich they are not happy.

5. In spite of / although their success they were not satisfied.

## EXPRESSIONS ET PROVERBES

• **deliver a speech:** faire / prononcer un discours
**convey a message:** faire passer un message
**address someone:** s'adresser à quelqu'un
**debatable / arguable:** discutable
**questionable:** contestable
**Let's talk it over.** Parlons-en.

**Helen and Steven are not on speaking terms.** (sont en froid, ne s'adressent plus la parole)

• **Different types of presentations: workshops, product launch, briefing, press conference**

• De nombreux experts s'accordent à dire que la qualité essentielle pour bien faire passer un message est l'enthousiasme **(be enthusiastic / enthusiasm)**. "Nothing great was ever achieved without enthusiasm." (Ralph Waldo)

• Le but (intention, objectif) peut se traduire par : **goal, purpose, objective, aim, target**

> **His aim is to become a famous manager.**
>
> **He is aiming to research.** (Il s'est donné pour but de faire de la recherche.)
>
> **Our goal is in sight.** (Nous touchons au but.)
>
> de but en blanc : **suddenly, just like that, in the spur of the moment**

☼ "The only exercise you ever get is jumping to conclusions." (jeu de mots avec *jump* : sauter – *jump to conclusions*: tirer des conclusions hâtives)

let the cat out of the bag:
vendre la mèche.

# PRESENTATIONS (2)

Stressing – adding ideas – summarizing – concluding –
closing questions – answering questions

## VOCABULAIRE

mettre l'accent : **emphasize, stress**
de plus : **moreover, besides**
résumer : **sum up, summarize**
reprendre : **go over**
conclure : **conclude**
faire remarquer, souligner : **point out**
tirer une conclusion : **draw a conclusion**
vue d'ensemble : **overview**
commenter : **comment on**
ajouter : **add**
en bref : **in brief**
point important : **main / key point**
couvrir : **cover**
amener quelqu'un à : **bring someone to**

# SITUATIONS DE COMMUNICATION

<u>Visuals</u>
*(Voir Unit 31)*
<u>Reasons / causes</u>
*(Voir Grammaire Unit 31)*
<u>Stressing</u> *(mettre l'accent, souligner)*

   I'd like to stress the use of...
   I'd like to emphasize the importance of...

<u>Adding ideas</u>

   Moreover
   In addition to that
   Besides

<u>Summarizing</u>

   In brief
   To summarize
   To put it / sum briefly
   In short
   Let me briefly summarize the main points of the discussion.
   I'll go over the key points of the presentation.
   Let me sum up

<u>Concluding</u>

   That brings me to the end of my talk.
   That covers what I wanted to say.
   I hope this presentation has given you an overview of the company.
   That covers everything.
   That's all I have to say on...
   In conclusion I would like to say that...
   To conclude
   The conclusions that can be drawn are...

<u>Questions</u>

   Feel free to ask any question.
   Are there any questions?
   I'd be glad to answer any questions.

Do you have any questions?

Answering the questions

That's a very good question.

As I said earlier...

I'm afraid I can't comment on that now.

As I mentioned earlier...

Perhaps we could talk about it later.

Perhaps I didn't make myself clear, what I was trying to say was...

Closing

Thank you for listening.

Thank you for your attention.

## APPLICATION

*Ces phrases ont perdu leurs verbes. Retrouvez-les :*

1. Let's ..... to the next graph.
2. I'd like to ..... to the question of complaints.
3. It is important to ..... the use of computers.
4. Let me briefly ..... the main points.
5. I think I have ..... everything.
6. The conclusions that can be ..... are very simple.

## GRAMMAIRE
## MOTS DE LIAISON (2)

• **condition**

provided / providing *(à condition que)*, unless *(à moins que)*, as long as *(du moment que, à condition que)*, otherwise *(sinon, autrement)*

You can leave earlier provided you come at 8 tomorrow morning.

Don't answer unless you are sure. *(+ présent)*

He won't ask any questions as long as you keep quiet.

• **contraste, opposition**

nevertheless *(néanmoins, toutefois)*, instead of *(au lieu de)*, whereas *(alors que)*, while *(alors que)*, yet *(cependant, toutefois, pourtant)*, otherwise *(sinon, autrement)*

> He hasn't agreed yet, nevertheless we keep hoping.
>
> He stayed in his office instead of going to the meeting.
>
> He works in Paris whereas his girlfriend works in London.
>
> He is a bossy manager and yet everyone likes him.
>
> You'd better hurry up, otherwise you'll miss the plane.

• **restriction**

even though / even if *(même si)*, as far as, as long as

> Even though we are very tired, we'll go to the party with you.
>
> As far as I am concerned, I like the project.
>
> You can smoke in here as long as you leave the window open.

## EXERCICE

*Choisissez le bon mot de liaison :*

1. Unless / as far as you practise regularly, you won't progress much.

2. You can use the cafeteria even though / provided you keep it clean.

3. I lent him money otherwise / provided he gave it back soon.

4. As long as / even though they don't speak German they went to Germany.

5. He left earlier yet / in order to attend a meeting in the evening.

## EXPRESSIONS ET PROVERBES

• Body language: Make and keep eye contact. Avoid mannerism and distracting gestures. Use clear gestures.

• **joke:** blague, plaisanterie **(a private joke)**
**pun, play on words:** jeu de mots
"Laughter is the shortest distance between two people."

• **The audience / participants has / have been:**
  – **attentive**
  – **responsive**
  – **participative**
  – **collaborative.**
• **He doesn't mince his words.** Il ne mâche pas ses mots.
**He is outspoken.** Il a son franc-parler.

👁 N'oubliez pas que vous pouvez établir un bon rapport avec vos interlocuteurs en racontant une anecdote, en ajoutant une touche d'humour (*make a joke*) comme le font les Anglo-Saxons, cela détend l'atmosphère et dédramatise une situation si besoin est. Un exemple frappant de l'importance de cette touche d'humour dans la culture américaine est la question posée aux candidats de MBA (Master of Business Administration) d'une très célèbre université américaine : "How would you describe the applicant's (candidat) sense of humor?"... Je ne me rappelle pas avoir répondu à cette question à la Sorbonne !

☀ "An expert knows all; he answers if you ask the right questions."

let's call it a day: on s'en tient là pour aujourd'hui.

# VISUAL AIDS
## SUPPORTS VISUELS

### VOCABULAIRE

support visuel : **visual aid**
organigramme : **organization chart**
schéma : **diagram**
graphique, courbe : **graph**
carte : **map**
camembert : **pie chart**
diagramme : **bar chart / flow chart / bar graphs** (US)
illustration technique : **technical illustration**
table : **tableau**
caractéristique : **feature**
écran : **screen**
tableau (à feuilles) : **flip chart**
photocopiés : **handouts**
rétroprojecteur : **overhead projector (OHP)**
axe horizontal : **horizontal axis**
axe vertical : **vertical axis**
pointillé : **dotted line / broken line**
filet : **solid line**
échelle : **scale**

## SITUATIONS DE COMMUNICATION

OK, let's take a look at / Take a look at / Have a look at this graph. *(Regardons / Observons cette courbe.)*

I have a graph to show you.

I'd like you to look at this graph.

Let's take a closer look at...

It shows the profits in 2003.

The graph shows / illustrates / refers to...

This graph shows the progress made in 2002.

The vertical axis shows the total sales. *(L'axe vertical représente le total des ventes.)*

The horizontal axis represents profitability.

The dotted line indicates... *(Les pointillés montrent...)*

This pie chart (chart) compares profits by countries.

Here are some more statistics.

The table shows some statistics / some more facts about sales in Eastern Europe.

As you can see from the graph / chart / table...

I'd like to draw your attention <u>to</u> some figures. *(J'aimerais attirer votre attention sur...)*

The overall trend is upward / downward. *(La tendance générale est à la hausse / baisse).*

The market is on an upward / a downward trend. *(Le marché est à la hausse / à la baisse).*

*Pour donner des explications :*

This is the result of... *(C'est le résultat de...)*

As a result...

This is due <u>to</u>... *(dû à...)*

It will result in... *(résultera en...)*

It will lead to... *(mènera à...)*

*(Voir plus loin comment exprimer résultat, cause et conséquence)*

↗ Our turnover rose / went up / increased last year.

↘ Profitability has decreased / fallen down / come down.

↓ Profitability has slumped / dropped *(chute rapide).*

↑    Profits reached a peak in 2001.
↓    Profits reached a low point in 2002.
→    Sales remained stable / constant / steady.
↘↗↘ Sales fluctuated.

• *Ne pas hésiter à utiliser des adverbes pour décrire les changements et les évolutions :* suddenly, rapidly, significantly, dramatically, considerably, moderately, slightly *(légèrement),* slowly, sharply

> Profitability rose rapidly = There was a rapid rise in profitability.
>
> Sales increased considerably = There was a considerable increase in sales.

• *Il est possible de remplacer les verbes par des noms :*

> to rise / a rise – to increase / an increase *(augmenter, une augmentation)*
>
> to slump / a slump *(chuter, une chute)*
>
> to fall / a fall
>
> to recover / a recovery *(reprendre, reprise)*

### APPLICATION

*Récrivez les phrases en remplaçant le verbe par un nom :*

1. Sales rose considerably. There was a .....
2. Prices slumped rapidly. There was a .....
3. Profitability decreased suddenly. There was a .....
4. Profits dropped significantly. There was a .....
5. Turnover fluctuated dramatically. There was a .....

### GRAMMAIRE
### EXPRIMER LE RÉSULTAT, LA CAUSE, LA CONSÉQUENCE

• *cause*

> This dramatic change is the result of... / is caused by...
>
> We lost this customer because our prices were too high.

We lost this customer because of the delays in delivery.

Since we agreed, we'll respect our decisions. (since: *puisque*)

That's the reason why / that's why they changed their policy. *(C'est la raison pour laquelle...)*

• **résultat / conséquence**

If we accept his proposal, it will mean building a plant in Asia.

Higher salaries will result **in** cutt**ing** other expenses. (result in: *résulter en*)

Higher salaries will lead **to** cut other expenses. (lead to: *mener à*)

Consequently, there will be strikes.

Therefore the workers will go on strike. (therefore: *par conséquent, de ce fait*)

As a result, the workers will go on strike.

Consequently = as a result = therefore = so

We must buy new machines, otherwise we will be behind our competitors. (otherwise: *autrement, sinon*)

## EXERCICE

*Exprimez les conséquences (positives ou négatives) de ces décisions :*
1. A 30-hour week
2. Lower salaries
3. Increase in-house trainings.

## EXPRESSIONS ET PROVERBES

• **"Chart"** sert à traduire « graphique » dans le sens de « tableau, courbe ». **"Graph"** traduit plus généralement le mot « graphique ».
• **Take a look at...** (US) / **Have a look at...** (GB)
• *Quelques conseils avant la présentation :*
Vérifier qu'il n'y a ni fautes d'orthographe **(spelling mistakes)** ni fautes grammaticales **(grammar mistakes)**.

• Attention aux prépositions :
Sales rose / increased / fell **by** 1 million.
Profit increased / fell **from** 1 million to 3 million.
There was an increase / a rise **of** 1 million.
Turnover stood / remained **at** 1 million in 2003.

• Les Anglais, en parlant de "the charts" (toujours au pluriel) parlent du hit-parade, en terme de musique. Rien à voir avec notre présentation – à moins de rajouter une musique de fond !

speak without beating about (around US) the bush: ne pas y aller par quatre chemins.

# NEGOTIATIONS (I)
## NÉGOCIATIONS

Une négociation commence comme une réunion (voir
Unit 26 pour le vocabulaire de "welcoming, introduc-
ing, timing..." et Unit 23 "Small talk").

## VOCABULAIRE

négocier : **negotiate**
négociateur : **negotiator**
offre, proposition : **offer, proposal**
réaliser : **achieve**
à long terme : **in the long run**
prendre en considération : **take into consideration**
espérer, s'attendre à : **expect**
en venir à : **get at**
clarifier : **clarify**
signifier, vouloir dire : **mean**
être prêt à : **be willing to**

## SITUATIONS DE COMMUNICATION

Let's outline our position.

As you probably know, the company has developed a new concept.

We're here today to negotiate our merger.

We have looked at the potential market.

I'd like to say a few words about what I expect to achieve here today.

We would like to consider the problem of...

You have had a chance to see / consider our offer / proposal.

In the long run, we would like to develop... (*A long terme, nous aimerions développer...*)

We believe it is time to...

We would like to hear your view.

Let's hear your presentation.

As I understand it, you'd rather buy, is that right?

This is a point we need to take into account.

We can't ignore the problem of...

Could you guarantee...?


Clear questions

What prices did you have in mind?

What terms were you expecting?

When did you think...?

How much did you think of?

Clarification

Could you be more specific?

What are you getting at? (*Où voulez-vous en venir?*)

What exactly do you mean by...?

Could you clarify one point?

Could you say more about...?

## APPLICATION

*Liez le verbe de la colonne de gauche à l'élément de la colonne de droite :*

1. achieve
2. hear
3. reach
4. make
5. take into
6. make

a. account
b. a proposal
c. a goal
d. your views
e. an agreement
f. an offer

## GRAMMAIRE
## EXPRIMER L'ACCORD ET LE DÉSACCORD

**L'accord** *(du plus au moins)*
  • I totally / quite agree.
  I couldn't agree more.
  I'm completely in favour of that.
  That's the best solution.
  Excellent! Sounds fine! Good idea!
  • I agree with you.
  That's true.
  You're right.
  • I tend to agree.
  I suppose so.
  I suppose you're right.
  • There is no other alternative.
  There is no much choice.
**Le désaccord** *(du plus fort au moins fort)*
  • I totally disagree with you.
  I don't agree with you.
  You're totally wrong.
  I can't accept that.
  I'm totally against it.
  It's out of the question.

• I don't really think so.

I'm afraid I can't accept that. *(commencer par "I am afraid" est une manière de s'excuser de donner une réponse négative)*

I'm sorry I can't accept.

• It's a good idea but...

I tend to disagree.

Do you really think so?

I can see your point but...

That's interesting but...

## EXERCICE

*Donnez votre accord ou désaccord sur les sujets suivants :*

1. More weekly meetings.
2. Increase advertising budget.

## EXPRESSIONS ET PROVERBES

• Attention : négociation s'écrit avec un « c » en français et negotiation avec un « t » en anglais.

• **Win-win situation** (les deux parties sont satisfaites de la négociation, personne n'a le sentiment d'avoir perdu)

**Win-lose situation** (l'une des parties n'est pas satisfaite de la négociation)

• **to negotiate with someone about something.**

**We need to give a little ground here = make concessions**

**[middleground (= compromise)]**

**to reach a stalemate:** arriver à une impasse

• **a tough** (âpre) / **delicate** / **intense** / **last minute** / **lengthy, protracted** (très longue) **negotiation**

• **"Be on a neutral ground"** (en terrain neutre) à l'opposé de **"home ground"** (vos bureaux, vos locaux) et **"their ground"** (leurs bureaux).

The end justifies the means. La fin justifie les moyens.

You win some, you lose some. Tantôt on gagne, tantôt on perd.

☼ "There are two sides to every question: my side and the wrong side." (*side*: côté et opinion)

a bone of contention:
une pomme de discorde.

# NEGOTIATIONS (2)

## VOCABULAIRE

faire une offre, proposition : **make an offer, a proposal**
faire une contre-proposition : **make a counter-offer / counter proposal**
négociations (d'argent) : **bargaining**
point de désaccord : **sticking point**
faire une concession : **make a concession**
compromis : **compromise**
retirer l'offre : **withdraw the offer**
menace : **threat** (menacer : **threaten**)
rompre un contrat : **break / terminate a contract**
arriver à un accord : **set a deal, reach an agreement, come to an agreement**
établir un contrat : **draw up a contract**
être prêt à : **be willing to**
renouvellement : **renewal**
satisfaisant : **satisfactory**
par écrit : **in writing**

## ■ SITUATIONS DE COMMUNICATION

Employers and employees discussed wage bargaining.
We are here to solve sticking points.


Making an offer *(faire une offre)*

We are ready to move on to a concrete proposal.

We could offer... / Our proposal is... / We propose...

That's the best we can do.

We are ready to increase...

We are prepared **to**...

We would be willing **to**...

We could agree **to**...

We could consider manufactur**ing.**

We could offer a 10% discount.

We are ready to discuss the renewal of the contract.

Wouldn't it be a good idea to...?

Accepting *(voir Unit 51: agreeing, disagreeing)*

We can agree to that.

That looks / sounds fine.

I see no objection to that.

We can agree to that.

That could be acceptable.

This is satisfactory for both of us.

I think we have a deal!

It's a deal! *(Marché conclu !)*

We have reached an agreement.

Let's draw up the contract.

Refusing

I am afraid it is not acceptable.

We couldn't agree to that.

We can't accept that.

That's not what we had in mind.

No way! *(Pas question !)*

I am totally opposed to the proposal.

Offering a compromise

>We are ready to accept provided / providing / on condition that...

>We would be prepared to... on condition that...

Postponing the decision *(repousser la décision)*

>We need some time.

>We need to think it over.

>We could come back to that later.

>We must discuss it with our Sales Manager.

Threatening *(menace)*

>I'm afraid we'll have to consider breaking / terminating our contract.

>We'll withdraw our offer.

Checking the deal *(vérifier l'accord)*

>Let me go over the main points.

>Let's go through / over the point we have agreed on.

>We still have the question of... to settle *(régler)*.

>We will draw up a contract.

>We'll confirm in writing.

>We'll send you a written proposal.

## APPLICATION

*Comment diriez-vous que :*

1. You refuse the proposal:
2. You threaten the client:
3. You accept the proposal:
4. You postpone the decision:
5. You check the deal:

## GRAMMAIRE
## EXPRIMER LA SUGGESTION

**I suggest** we hire a new assistant.
**We could** freeze prices.
**What about** a new computer?

**What / how** about leaving earlier? *(« Et si on » + verbe + ing)*
**Why don't we** order more computers? *(Pourquoi ne pas...)*
**It might be worth** meeting them. *(Cela vaudrait la peine de les rencontrer.)*
**Shall I** translate it for you? *(Voulez-vous que je...)*
**Shall we** meet again next month? *(Voulez-vous que nous...)*
**Perhaps we should** think it over? *(Peut-être devrions nous y réfléchir ?)*
**Let's** meet next week, shall we? *(Rencontrons-nous la semaine prochaine, voulez-vous ?)*

## EXERCICE

1. *Proposez à votre équipe de rediscuter la question à la prochaine réunion.*
2. *Proposez à vos clients britanniques de vous revoir plus souvent.*

## EXPRESSIONS ET PROVERBES

• engager des négociations : **enter into negotiations**
négociations commerciales : **trade talks**
**clinch a deal = close a deal = reach an agreement:** arriver à un accord
**a goodwill gesture:** un geste de bonne volonté
**trade-offs:** série de concessions (mutuelles)
**to make a trade-off (make a concession and get something in return)**

☼ "A bargain is when two people are sure they get the better of each other."

add fuel to the fire: jeter de l'huile sur le feu.

# HUMAN RESOURCES MANAGEMENT
## RESSOURCES HUMAINES

## VOCABULAIRE

DRH / Directeur des ressources humaines : **Human Resources Manager / Director, Personnel Manager**
être responsable de : **be responsible for / in charge of**
diriger : **run / manage**
organigramme : **organization chart**
embaucher, recruter : **hire, take on, recruit**
postuler (à) un emploi : **apply for a job**
postulant : **candidate, applicant**
expérience professionnelle : **job experience, professional background**
proposition : **proposal**
emploi, embauche : **employment**
à l'essai : **trial**
personnel : **staff**
faire partie du personnel : **be on the staff**
carrière : **career**

effectif / main-d'œuvre : **workforce**
débouché professionnel : **job opportunity**
marché du travail : **labour / job market**
nommer : **appoint**
compétence, qualification : **skill, competence**
savoir faire : **know-how**
emploi à temps plein : **full-time job**
emploi à temps partiel : **part-time job**
horaires de bureau : **working hours**
détachement : **secondment**
avantages : **benefits**
stimulation : **incentive**
stagiaire : **trainee**
poste : **position**
règles de sécurité : **safety / security regulations**
accident du travail : **industrial injury**
conditions de travail : **working conditions** (GB) / **work conditions** (US)
salaire : **salary, wages**
formation professionnelle : **in-house training, continuing education, further education**
plan : **scheme**
collègue : **colleague, co-worker**
pointer : **clock in / out**
emploi du temps : **schedule**
formation : **training**
ancienneté : **seniority**
retraite : **retirement**
chômage : **unemployment**
conflit : **dispute**
licencier : **lay off** (US), **make someone redundant** (GB)
licenciement : **laying off, redundancy**
renvoyer : **fire, sack, dismiss**
démissionner : **resign**
préavis : **notice (a month's notice)**
absentéisme : **absenteeism**

congés payés : **paid leave**
congé maternité : **maternity leave**
congé maladie : **sick leave**
grève : **strike**
faire grève : **go on strike**
droit de grève : **the right to strike**
négociations : **negotiations**
syndicat : **trade union**
syndicaliste : **union representative**
politique : **policy**

## SITUATIONS DE COMMUNICATION

Mr Dupriez is our Personnel Manager. He is in charge of / he is responsible for recruitment, training, working conditions and pay. *(M. Dupriez est notre directeur du personnel. Il est responsable du recrutement, de la formation, des conditions de travail et des salaires.)*

We have a workforce of 120. *(Nous avons une main-d'œuvre de 120 personnes.)*

Ward Dales has been appointed to manage / run the training department. *(W.D. a été nommé pour diriger le service formation.)*

He has been promoted Head of Department. *(Il a été promu chef de service.)*

The organization chart shows how our company is structured.

We are sorry we have no vacancies at the moment. *(Désolé[e], nous n'avons pas de postes vacants pour le moment.)*

The employees have been on strike for 15 days; they demand a pay raise. *(Les employés sont en grève depuis 15 jours ; ils exigent une augmentation de salaire.)*

Because of serious financial problems, many employees have been laid off / made redundant. *(A cause de problèmes financiers sérieux, de nombreuses personnes ont été licenciées.)*

The role of the union representative is to settle disputes. *(Le rôle du représentant syndical est de régler les conflits.)*

The working hours in Spain are different from those in England. *(Les horaires de travail en Espagne sont différents de ceux pratiqués en Angleterre.)*
The company offered me a training in English. *(La société m'a offert une formation d'anglais.)*
In France, women are allowed up to 15 weeks' maternity leave. *(En France, les femmes ont droit à 15 semaines de congé maternité.)*
The unions have called a general strike. *(Les syndicats ont appelé à une grève générale.)*

## APPLICATION

*Liez les mots de même sens :*

| | |
|---|---|
| 1. hire | a. co-worker |
| 2. fire | b. further education |
| 3. salary | c. competence |
| 4. laying of | d. employees |
| 5. manager | e. applicant |
| 6. training | f. recruit |
| 7. skill | g. director |
| 8. job experience | h. in charge of |
| 9. colleague | i. dismiss |
| 10. staff | j. manage |
| 11. responsible for | k. wage |
| 12. run | l. redundancies |
| 13. candidate | m. professional background |

## GRAMMAIRE
## LES POSSESSIFS

| *Adjectifs possessifs* | *Pronoms possessifs* |
|---|---|
| My, your, his, her, its, our, your, their | Mine, yours, his, hers, its, ours, yours, theirs |

• *Les possessifs s'accordent avec le possesseur, ils sont invariables.*

    his computer *(il appartient à John)* / her computer *(il appartient à Jane)*

    my letter, my letters.

    This is my car; it's mine.

    This is your car; it's yours.

    This is her car; it's hers.

    This is his car; it's his.

    This is our car; it's ours.

    This is their car ; it's theirs.

• *On peut utiliser la structure suivante : nom + of + pronom :*

    A friend of mine. *(Un ami à moi.)*

    A friend of his. *(Un ami à lui.)*

    A friend of theirs. *(Un ami à eux.)*

## EXERCICE

*Complétez avec le bon possessif :*

1. I don't like my office; your office is nice. I prefer ......
2. The manager gave ...... secretary some flowers for ...... birthday.
3. He always speaks with ...... hands in....... pockets.
4. He borrowed ...... car and I borrowed ...... the week after.
5. This is my cup; ...... is on the table!
6. My cousins live in Montreal; a friend of ...... visited me last week.

## EXPRESSIONS ET PROVERBES

• Ne pas confondre « personnel = **staff** (le personnel d'une société) et l'adjectif **"personal"** (personnel). **(This is a personal call.)**

• Le verbe **"hire"** signifie également « louer ». **(They hired a car in the United States.)**

• **a nine to five job:** un emploi de bureau (on travaille de 9 heures à 5 heures)

**a cushy job:** un boulot pépère (**cushion:** coussin)

**odd jobs:** petits boulots

**workaholic:** bourreau de travail (formé comme *alcoholic*: alcoolique)

**Thank God it's Friday (TGIF)!** Dieu merci on est vendredi !

**a white collar:** un col blanc, un cadre (qui porte une chemise blanche)

**a blue collar:** un col bleu, un ouvrier (qui porte un bleu de travail)

👁 Salaire : les **wages** sont habituellement payés par semaine, les **salaries** payés au mois. Quant aux **fees**, ce sont des honoraires réglés à des consultants, par exemple.

☀ "A man should work 8 hours and sleep 8 hours but not the same 8 hours."

☀ "Success is sweet but its secret is sweat." (jeu de mots : *sweet*: doux — *sweat*: sueur)

☀ The trouble with getting to work on time: it makes the day so long. (*on time*: à l'heure)

sit on the fence: ménager la chèvre et le chou.

# CURRICULUM VITAE / RÉSUMÉ

## VOCABULAIRE

embaucher : **recruit, hire**
CV : **résumé, curriculum vitae**
situation de famille : **marital status**
marié : **married**
célibataire : **single**
expérience professionnelle : **work / professional experience**
emplois occupés : **work history**
compétences : **skill, abilities**
réalisations : **achievements**
objectifs : **career objectives**
diplômes, études, qualifications : **education, qualifications**
formation : **training**
stages : **internships** (US) / **training period** (GB)
qualités personnelles : **personal profile**
langues étrangères : **foreign languages**
courant : **fluent**

écrit : **written**

parlé : **spoken**

capable de lire / maîtrise de l'espagnol: **reading knowledge of Spanish**

bonne connaissance de : **good / working knowledge of**

notions d'espagnol : **some Spanish**

langue maternelle : **mother tongue**

maîtrise de l'informatique : **computer literate**

intérêts, activités diverses : **interests and activities, outside activities**

références (lettres) : **references, testimonials** (US)

réferences (personnes) : **referees**

## SITUATIONS DE COMMUNICATION

I am a graduate of the University of Bordeaux / I graduated from Bordeaux. (*Je suis diplômé de l'université de Bordeaux.*)

I majored in Computer Science.

I acquired a broad experience. (*J'ai acquis une grande expérience.*)

I am skilled in developing management techniques. (*Je suis compétent pour...*)

I have an Engineering degree. (*J'ai un diplôme en ingénierie.*)

I have a strong experience in management / I am experienced in management.

I served as a project manager. (*J'ai été employé comme directeur de projet.*)

My objective / aim is to use my negotiating experience.

I speak English fluently. (*Je parle anglais couramment.*)

I am able to converse comfortably in German. (*Je suis capable de soutenir une conversation en allemand.*)

I did volunteer work at the community center. (*J'ai fait du bénévolat au Centre communautaire.*)

I am familiar with most computer systems. (*Je maîtrise la plupart des systèmes imformatiques.*)

## APPLICATION

*Remplissez votre propre CV :*

### CURRICULUM VITAE

Name
Address
Telephone
Email
Date of birth
Marital status
Nationality

OBJECTIVE
EDUCATION
INTERNSHIPS / TRAININGS
WORK EXPERIENCE
SKILLS
LANGUAGES
ACTIVITIES AND INTERESTS

## GRAMMAIRE
## LE PRÉTÉRIT ET LE PRESENT PERFECT

• **Le prétérit** *est utilisé pour relater une action passée, révolue, sans lien avec le présent et datée. On l'utilise obligatoirement avec : ago, last..., in + date passée.*

> I found this job two months ago.
> I graduated in 1999.
> Last Monday, I met the Human Resources Manager.

• **Le present perfect** *(have / has + participe passé) décrit une action qui a commencé dans le passé et qui a une conséquence dans le présent. Il est utilisé avec :* lately, so far *(jusqu'à présent),* not yet *(pas encore),* ever *(jamais),* just.

> Have you ever worked in London?

I haven't written the application letter yet.

I have worked too much; I am tired.

Peter has just left. *(Peter vient de partir.)*

*Le present perfect s'utilise avec "for" et "since" (depuis). (Attention : présent en français !)*

for = *durée.*

For 2 days / for 5 minutes / for a long time

since = *point de départ de l'action*

Since November / since 10 o'clock / since Christmas / since yesterday / since I travelled.

*Dans ces cas-là, il est plus courant d'utiliser le present perfect continu qui insiste plus sur le déroulement de l'action*

(have / has + been + V + ing) *(pas de forme continue avec "know", "like", etc.).*

I have been working here for 3 years. *(Je travaille ici depuis trois ans.)*

She has been typing since this morning. *(Elle tape depuis ce matin.)*

We have known Sam since last year. *(Nous connaissons Sam depuis l'année dernière.)*

## EXERCICE

*Mettez le verbe entre parenthèses au prétérit ou au present perfect :*

1. I ...... from New York University. (graduate)

2. I ...... from NYU in 2001. (graduate)

3. John Philips ...... his diploma last year. (get)

4. He ...... never in a big company. (work)

5. He ...... in this advertising agency for 2 years. (work)

6. We ...... your CV. (receive)

7. We ...... your CV last week. (receive)

8. I ...... in this meeting since 10 o'clock. (be)

9. Mr Sherman ...... a Marketing Director in this company for quite a long time. (be)

10. She ...... literature when she was in London. (study)

## EXPRESSIONS ET PROVERBES

• N'utilisez pas **"hobbies"** dans votre CV (notion de dilet-tante !) : préférez **"interests"** ou **"outside activities"**.

• **A level** (GB) = **(French secondary school diploma)**: bac-calauréat

**BA Bachelor of Arts / Bachelor's Degree:** licence

**BSc Bachelor of Science:** licence de Sciences

**MA Master's Degree** (US) / **Master of Art** (GB): maîtrise

**PhD:** doctorat de 3$^e$ cycle

**MBA Master of Business Administration:** maîtrise de gestion

• Attention : **CV = résumé** = curriculum vitae (préférez résumé aux USA)

un résumé = **a summary (to sum up a text:** résumer un texte)

**to resume** = reprendre (**to resume work:** reprendre le travail)

One is never too old to learn. Il n'est jamais trop tard pour apprendre.

Knowledge is power. Savoir, c'est pouvoir.

A man does not know what he knows until he knows what he does not know. Un homme ignore ce qu'il sait jusqu'au moment où il sait ce qu'il ne connaît pas.

☼ "No one has yet climbed the ladder of success with his hands in his pockets." (*ladder of success*: échelle du succès).

off the record: officieusement, entre nous.

# APPLICATION LETTER / COVER LETTER
## LETTRE DE CANDIDATURE / DE MOTIVATION

**VOCABULAIRE**

postuler (à) un emploi : **apply for a job**
annonce : **advertisement, advert, ad**
candidat : **applicant, candidate**
candidats retenus : **shortlisted candidates**
lettre de candidature : **application letter**
lettre de motivation : **cover letter**
poste vacant : **vacancy**
poste : **position**
chercher : **look for, seek**
être convoqué à un entretien : **be called for an interview**
fournir : **provide**
disponible : **available**
acquérir : **acquire, gain**
apporter à : **contribute to**

participer à : **be involved in**
se consacrer à : **commit oneself to**
compétences : **skills, abilities**
désireux de : **willing to, keen to**
responsabilités, tâches : **duties, tasks**

## ■ SITUATIONS DE COMMUNICATION

I am looking for / I am seeking a position as Personal Assistant.
I would like / I wish to apply for the position / post as advertised
in... *(Je vous adresse ma candidature suite à l'annonce parue
dans...)*
With reference to your advertisement, I would like to apply
for the job as... *(Suite à votre annonce, je voudrais postuler...)*
I am writing to apply for any position you may have. *(Veuillez
étudier ma candidature pour un poste éventuel.)*
I am currently employed by Coco&Co. *(Je travaille actuellement
pour Coco&Co.)*
My current duties include designing and implementing strategies. *(Je m'occupe actuellement de la conception et de la mise
en place de stratégies.)*
My duties / responsibilities included... / I was in charge of... / I
was involved in... *(J'avais la charge de... / J'exerçais les responsabilités suivantes...)*
I think / I feel I have the necessary qualities for the position of
Sales Director. *(Je pense posséder les qualités requises pour le
poste de directeur des ventes.)*
I think that my experience would be useful / beneficial to your
company. *(Je pense que mon expérience sera utile et profitable
pour votre société.)*
I feel / think my abilities might be an asset for your company.
*(Je pense que mes compétences pourraient être un avantage
pour votre société.)*
I have a great experience as... in... *(Je possède une vaste expérience en tant que... dans le domaine de...)*

I enjoy working with people at all levels. *(J'aime travailler avec les gens à tous les niveaux.)*

I would like to broaden / widen my knowledge / experience. *(J'aimerais approfondir / élargir mes connaissances / mon expérience.)*

Please find enclosed my CV / I enclose / attach my résumé / CV. *(Veuillez trouver ci-joint mon CV.)*

As you can see from my CV, I have gained / acquired a broad / some experience in publishing. *(Comme vous pouvez le constater, j'ai acquis une grande / certaine expérience dans l'édition.)*

I am available for an interview / to take up the post. *(Je suis disponible pour un entretien / pour le poste.)*

I would be happy to provide any further information. *(Je serais heureux de vous donner tout renseignement complémentaire.)*

Please find enclosed a copy of a testimonial provided by my employer. *(Veuillez trouver ci-joint la lettre de référence de mon employeur.)*

I remain at your disposal for any vacancy corresponding to my skills. *(Je suis à votre disposition pour toute offre corespondant à mes compétences.)*

I look forward to receiving your answer / reply / to hearing from you / I hope to hear from you soon. *(Dans l'attente d'une réponse favorable / Dans l'attente de vous lire...)*

## APPLICATION

*Mettez ces phrases dans le bon ordre pour constituer une lettre de motivation cohérente et logique. Numérotez les de 1 à 10.*

• I have a strong sense of organization and I enjoy working in a team.

• I am sure my qualifications will be of interest to you.

• As I am single I am ready to commit myself to my work.

• I look forward to hearing from you soon.

• I am writing in response to your advertisement for a junior secretary.

- I have the usual secretarial skills and I am familiar with most computer systems.
- Sincerely yours.
- I am fluent in English.
- I worked at Secretary systems for two years.
- Dear Mr Dwight,

## GRAMMAIRE
## LES "QUESTION TAGS"

*Pour traduire « n'est-ce pas ? », « vraiment ? », les Anglais utilisent les "question tags".*
*Phrase affirmative : tag négatif*
*Phrase négative : tag affirmatif.*
*Le sujet est repris par un pronom personnel. On utilise le bon auxiliaire.*

Jane **is** American, **isn't** she?
John **isn't** working, **is** he?
You **work** in an office, **don't** you?
Mary **doesn't** smoke, **does** she?
The Wilsons **met** the new assistant, **didn't** they?
They **didn't** know her, **did** they?

## EXERCICE

*Complétez les phrases avec un des "question tags" de la colonne de droite (une réponse possible par phrase) :*

| | |
|---|---|
| 1. You enjoy managing teams, | a. isn't it? |
| 2. You have worked in an international company, | b. didn't they? |
| 3. You are 34, | c. do you? |
| 4. You can be relocated, | d. will you? |
| 5. You don't speak Spanish, | e. wouldn't you, |
| 6. You would like this position, | f. hadn't you, |

| | |
|---|---|
| 7. You aren't familiar with software, | g. don't you? |
| 8. You haven't met the HRD yet, | h. aren't you? |
| 9. You can't be available immediately, | i. were you? |
| 10. You will accept responsibilities, | j. haven't you? |
| 11. You won't deal with customers directly, | k. can you? |
| 12. Your duties included organising meetings, | l. won't you? |
| 13. You were involved in a team, | m. can't you? |
| 14. You weren't used to implementing strategies, | n. are you? |
| 15. Your name's Jason Meister, | o. mustn't you? |
| 16. You must take the test first, | p. have you? |
| 17. You'd better fill in the form before, | q. weren't you? |

### EXPRESSIONS ET PROVERBES

• *Pour parler de compétences :*
**skills = abilities:** talents, compétences, aptitudes
**expertise:** savoir-faire, expertise, compétence **(expertise in legal matters)**
savoir faire : **know-how**
**areas of expertise :** domaines de connaissance
**(un)skilled:** (non) qualifié **(She is skilled in negotiating.)**
• *Pour parler de connaissances :*
**knowledge:** connaissance **(knowledge of management techniques)**
**training:** formation **(training in computer)**
**understanding:** compréhension **(understanding of clients' needs)**
**I take your word for it.** Je vous crois sur parole.

Hope springs eternal. Tant qu'il y a de la vie, il y a de l'espoir.
There's always sunshine after rain. Après la pluie, le beau temps.

👁 A l'inverse des usages en France (où la lettre doit être manuscrite à des fins de tests graphologiques), il est préférable que votre lettre soit dactylographiée pour plus de clarté et de lisibilité.

no hard feelings:
sans rancune.

# HUMAN RELATIONSHIPS
## RELATIONS HUMAINES

## VOCABULAIRE

<u>Qualités</u>
digne de confiance : **trustworthy, reliable**
compréhensif : **understanding**
franc : **outspoken**
ouvert, extraverti : **outgoing**
direct : **straightforward**
enjoué : **cheerful**
enthousiaste : **enthusiastic**
attentionné : **considerate**
ouvert d'esprit : **open-minded**
juste : **fair**
respectueux : **respectful**
qui a bon caractère : **good-tempered**
compatissant : **sympathetic**
sympathique, amical : **friendly**
prévenant : **thoughtful**
poli : **well-behaved**
humble : **modest**

plein d'entrain : **lively**
indulgent : **lenient**

## Défauts

timide : **shy**
qui a mauvais caractère : **bad-tempered**
hypocrite : **hypocritical, insincere**
suffisant : **self-satisfied**
égoïste : **selfish**
étroit d'esprit : **narrow-minded**
injuste : **unfair**
désagréable : **unpleasant**
impitoyable : **ruthless**
négligent : **careless**
peu prévenant : **inconsiderate**
impoli : **rude**
vaniteux, prétentieux : **vain**
dure, sévère : **harsh**
en colère : **angry, cross, mad** (US)

## Verbes

se comporter : **behave**
entretenir de bonnes relations avec : **be on good terms with**
faire confiance : **trust someone**
se lier d'amitié avec : **make friends with**
compter sur quelqu'un : **rely on someone**
être solidaire de : **stand by someone**
être sociable : **mix, socialize**
gagner la confiance de : **win the confidence of**
être de bonne / mauvaise humeur : **be in a good / bad mood**
énerver : **get on someone's nerves**
critiquer : **criticize**
se disputer : **argue, quarrel, have an argument**
se mettre en colère : **lose one's temper**
mentir : **lie**

trahir : **betray**
se vanter : **brag**

### SITUATIONS DE COMMUNICATION

Mr Bradford is totally inconsiderate towards Janet. *(M. Bradford manque complètement d'égards envers Janet.)*
They are always arguing. *(Ils se disputent tout le temps.)*
No matter what she tells him, Matt never loses his temper. *(Quoi qu'elle lui dise, Matt ne se met jamais en colère.)*
Christopher behaves well towards his colleagues. *(Christopher se comporte bien envers ses collègues.)*
It is rude to stare at people the way you do. *(C'est impoli de dévisager les gens comme tu le fais.)*
Don't brag! *(Ne te vante pas !)*
It was careless of John to forget the contract. *(C'était négligent de la part de John d'oublier le contrat.)*
I always put my confidence in the people I work with. *(Je place toujours ma confiance dans les gens avec lesquels je travaille.)*
Sarah is considerate towards her children. *(Sarah est attentionnée envers ses enfants.)*
He is too selfish to work in a team. *(Il est trop égoïste pour travailler en équipe.)*
I get on well with him. *(Je m'entends bien avec lui.)*
We are on good terms with our German counterparts. *(Nous sommes en bons termes avec nos homologues allemands.)*
His voice is getting on my nerves! *(Sa voix me tape sur les nerfs !)*
Allison makes friends easily. *(Allison se lie d'amitié facilement.)*

### APPLICATION

*Donnez le contraire des adjectifs suivants :*
trustworthy, bad-tempered, well-behaved, honest, shy, considerate, harsh, modest, friendly, pleasant, satisfied, sincere, narrow-minded.

## GRAMMAIRE
## LES COMPOSÉS DE "EVER"

**Whatever, whichever** *(idée de choix)*, **whoever, when-ever, wherever** *traduisent :* n'importe quoi, n'importe qui, n'importe quand, n'importe où.

> Whatever he says, don't trust him *(Quoi qu'il dise, ne lui fais pas confiance.)*
>
> You can tell them whatever you want. *(Tu peux leur dire ce que tu veux.)*
>
> Here are the samples, choose whichever you need. *(Voici les échantillons, prends ce dont tu as besoin.)*
>
> Whoever is tired can take a break. *(Ceux qui se sentent fatigués peuvent faire une pause.)*
>
> We'll talk to him whenever he is free. *(Nous lui parlerons quand il sera libre.)*
>
> Wherever you go, you find English-speaking people. *(Où que tu ailles, tu trouves des gens qui parlent anglais.)*

## EXERCICE

*Traduisez les phrases suivantes :*

1. Vous ne pouvez pas faire ce que vous voulez ici.

2. Il y a plusieurs livres sur l'étagère (shelf), prenez celui que vous voulez.

3. Celui qui a faim peut se servir.

4. Où que je sois, je me sens chez moi.

5. Venez quand vous pouvez.

## EXPRESSIONS ET PROVERBES

• Attention : ne confondez pas « sympathiser », qui se dit **"get on well"** ou **"hit it off"** (informel), avec le verbe anglais **"sympathize"**, qui signifie « compatir ».

Quand « sympathie » signifie « amitié », on le traduit par
**"like"** (J'ai de la sympathie pour Hervé : **I like Hervé**.)
>    **sympathy:** compassion
>    **sympathetic:** compatissant
>    sympathique: **nice, friendly, likeable**
>    antipathique: **unpleasant**

• Le mot **"character"** signifie aussi bien le « caractère » que
la « personnalité ». Il peut aussi traduire le mot « personnage ».

• décevoir : **disappoint** – déception : **disappointment**
*mais* **deceive:** tromper – **deception:** tromperie

• **morale:** le moral **(to boost the morale)**
**morals:** la morale, l'éthique
**moral:** la morale (d'une fable par exemple).

• Quelques couleurs:
>    **be red with anger:** être rouge de colère
>    **be green with envy:** être vert de jalousie
>    **be / feel blue:** avoir le cafard

• **Keep cool!** Restez calme !
**break the ice:** rompre la glace
**What a nerve!** Quel culot !


Love me, love my dog. Les amis de mes amis sont mes amis.


☼: "An idea of an agreeable person is a person who agrees with
me." (jeu de mots entre "agreeable" et le verbe "to agree with":
être d'accord avec)


☼: "Lots of people get credit for being cheerful when they are
just proud of their teeth." (*get credit for*: être reconnu pour –
*proud*: fier)


☼: "Every man has three characters: the one he exhibits, the one
he has and the one he thinks he has." (*exhibit*: montrer)

# PRODUCTION

## VOCABULAIRE

usine : **plant, factory**
fabrication : **manufacture**
implanter une usine : **establish / set up a plant**
fermer une usine : **shut down / close down a plant**
ouvriers : **workers**
industriel, fabricant : **manufacturer**
produits finis : **manufactured / finished goods / products**
finition : **workmanship**
sous-produits : **by-products**
automatisation : **automation**
machines : **machinary**
fournir : **supply**
entrepôt : **warehouse**
lieux : **premises**
petites et moyennes entreprises (PME) : **small and medium-sized enterprises (SME)**
contremaître : **foreman**

magasinier : **warehouseman**

travail par équipes : **shift work**

équipe de nuit : **night shift**

atelier : **workshop, shopfloor**

chef d'atelier : **supervisor**

délégué syndical : **shop steward** (GB), **staff representative, unionist**

syndicat : **union**

chaîne de montage : **assembly line**

poste de travail : **work station**

fabrication en série : **mass production**

heures supplémentaires : **overtime**

production : **output**

rendement : **yield**

calendrier de production : **production schedule**

pré-série : **pilot production**

frais de production : **production costs**

chaîne de production : **production line**

durée de vie d'un produit : **product lifespan**

productivité : **productivity**

marchandises : **goods**

caractéristiques : **features**

brevet : **patent**

charger, décharger : **load, unload**

chargement : **loading**

stocker : **store**

camion : **lorry** (GB) / **truck** (US)

remorque : **trailer**

pointer : **clock in / out**

qualifié, non qualifié : **skilled, unskilled**

matières premières : **raw materials**

délai : **deadline**

livraison : **delivery**

efficace : **efficient**

procédé : **process**

## SITUATIONS DE COMMUNICATION

The goods are stored in our warehouse. *(Les marchandises sont stockées dans notre entrepôt.)*

Each part of the bicycle is mass-produced. *(Chaque élément de la bicyclette est fabriqué en série.)*

We manufacture a wide range of household goods. *(Nous fabriquons une large gamme d'appareils ménagers.)*

Machinery has replaced workers. *(Les machines ont remplacé les ouvriers.)*

Our delivery deadlines are short. *(Nos délais de livraison sont courts.)*

Mass-production is time-saving, allowing us to offer reasonable prices. *(La fabrication en série fait réaliser une économie de temps, ce qui nous permet d'offrir des prix avantageux.)*

Our plant meets safety standards. *(Notre usine est conforme aux normes de sécurité.)*

We must meet the deadline if we don't want to lose an important customer. *(Nous devons respecter les délais si nous ne voulons pas perdre un client important.)*

Because of automation there might be redundancies. *(A cause de l'automatisation, il pourrait y avoir des licenciements.)*

We manufacture high quality goods at reasonable prices. *(Nous fabriquons des produits de qualité à des prix raisonnables.)*

The output has been rising steadily since we started the assembly line. *(Le rendement augmente régulièrement depuis que nous avons mis en place la chaîne de montage.)*

Because of a strike at the factory, production has been delayed. *(En raison d'une grève à l'usine, la production a été retardée.)*

## APPLICATION

*Choisissez l'équivalent français des mots anglais suivants :*

1. deadline        a. délai / b. retard
2. load            a. décharger / b. charger

3. truck    a. camion / b. piste
4. goods   a. biens / b. marchandises
5. workshop  a. magasin / b. atelier
6. union   a. syndicat / b. boutique
7. manufacture a. facturer / b. fabriquer
8. workmanship a. fourniture / b. finition
9. plant   a. entrepôt / b. usine
10. warehouse  a. entrepôt / b. usine

## GRAMMAIRE
## USED TO

• **used to + l'infinitif** sert à traduire l'idée de « autrefois » ; il décrit des situations ou des habitudes passées, que l'on ne fait plus (imparfait en français).

> I used to have long hair. (J'avais les cheveux longs autrefois.)
> Jason used to live in London, now he lives in Paris. (Jason habitait à Londres avant, aujourd'hui, il vit à Paris.)
> She used to smoke. (Avant, elle fumait.)

• *forme interrogative :* **did + sujet + use to?**

> Did you use to play tennis?

• *forme négative :* **didn't use to**

> I didn't use to work so hard.

*Attention :* Ne pas confondre "I used to do" et "I am used to do**ing**" (j'ai l'habitude de faire)

> I used to drive my car. (Je conduisais ma voiture avant.)
> I am used to driving my car. (J'ai l'habitude de conduire ma voiture.)

204 L'ANGLAIS AU BUREAU

## EXERCICE

*Transformez les phrases suivantes en utilisant la structure "used to" :*

1. Jane doesn't smoke now but she ......
2. Matthew is lazy (paresseux) now; he......
3. They are poor; they ......
4. They don't manufacture furniture; they ......
5. They live far away from the city centre; they ......

## EXPRESSIONS ET PROVERBES

• Pour traduire « usine », **"plant"** est plus grand que **"factory"**

• **a white collar:** un col blanc, un cadre (qui porte une chemise blanche)

**a blue collar:** un col bleu, un ouvrier (qui porte un bleu de travail)

Times are hard. Les temps sont durs.

it will serve him right:
ça lui apprendra.

# PACKING
# AND PACKAGING
## EMBALLAGE ET CONDITIONNEMENT

## VOCABULAIRE

marque mère : **global brand**
emballage : **packing**
emballer : **pack**
déballer : **unpack**
manutentionnaire, emballeur : **packer**
conditionnement : **packaging**
paquet : **package**
boîte(s) : **box(es)**
caisse : **case, box**
cageot : **crate**
barquette : **tray**
palan : **hoist**
palette : **pallet**
stockage : **storage**
conteneurs : **containers**
frais d'emballage : **packaging costs / charges / expenses**

emballage compris / non compris : **packing free / extra**
matériaux pour emballer : **packing materials**
caisse de protection : **protective case / box**
contenu : **content**
consigné : **returnable, refunded**
non consigné : **disposable, non returnable**
en boîte, en conserve : **canned**
dégâts : **damage**
défectueux : **defective, faulty**
envelopper : **wrap**
papier d'emballage : **wrapping paper**
ficelle d'emballage : **packing cord**
encombrant : **bulky**
thermorétractable : **heat stretched**
hermétique : **airtight**
résistant : **strong, resistant**
résistant aux chocs : **shockproof, shock absorbing**
résistant à la chaleur : **heatproof**
résistant au feu : **firetight**
antichoc : **shock absorbing, shockproof**
étanche : **waterproof**
biodégradable : **biodegradable**
respectueux de l'environnement : **environment-friendly**
marquage : **marking**
marquer : **mark**
numéroter : **number**
étiquetage : **labelling**
étiquette : **label**
manipuler : **handle**
manutention : **handling**
empiler : **stack**
film plastique : **plastic film**
carton : **cardboard**
carton ondulé : **corrugated cardboard**
casse : **breakage**
fuite : **leakage**

rouille, antirouille : **rust, antirust**
peser : **weigh**
poids : **weight**
longueur : **length**
hauteur : **height**
largeur : **width**

## SITUATIONS DE COMMUNICATION

A good packaging must protect the goods from damage. *(Un bon emballage / conditionnement doit protéger les marchandises des dégâts.)*

Our prices include transport and handling charges but do not cover packaging costs. *(Nos prix incluent les frais de transport et de manutention mais ne couvrent pas les frais d'emballage.)*

Throwaway packaging is a serious source of pollution. *(L'emballage jetable est une sérieuse source de pollution.)*

We offer a wide range of packagings to meet your requirements. *(Nous proposons une large gamme d'emballages pour répondre à vos besoins.)*

We'll take care of the costs of packing. *(Nous prendrons en charge les frais d'emballage.)*

The company only charges 10% for packing. *(Notre société ne prend que 10 % pour l'emballage.)*

Our goods need waterproof packaging to meet safety standards. *(Nos produits nécessitent un emballage étanche pour être conformes aux normes de sécurité.)*

To protect your art works we recommend shock absorbing material. *(Pour protéger vos objets d'art, nous recommandons un matériau résistant aux chocs.)*

Use the right packaging to avoid leakage, breakage and other damage. *(Utilisez le bon emballage pour éviter fuites, casse et autres dégâts.)*

## APPLICATION

*Liez chaque mot à sa définition :*

| | |
|---|---|
| 1. pack | a. dégâts |
| 2. case | b. frais d'emballage |
| 3. damage | c. conditionnement |
| 4. wrap | d. poids |
| 5. waterproof | e. conteneur |
| 6. handling | f. résistant aux chocs |
| 7. breakage | g. déballer |
| 8. weight | h. envelopper |
| 9. shockproof | i. emballer |
| 10. faulty | j. encombrant |
| 11. packaging costs | k. caisse |
| 12. packaging | l. étanche |
| 13. container | m. casse |
| 14. unpack | n. défectueux |
| 15. bulky | o. manutention |

## GRAMMAIRE
## DONNER DES DIMENSIONS

*Il y a deux manières de donner des dimensions :*

• **how + *adjectif***

> How high is the building? *(Quelle est la hauteur de l'immeuble ?)*
>
> How long is the river? *(Quelle est la longueur du fleuve ?)*
>
> How deep is the swimming pool? *(Quelle est la profondeur de la piscine ?)*
>
> How wide is the road? *(Quelle est la largeur de la route ?)*

• **what + *nom***

> What is the height of the building? <u>ou</u> What height is the building?

What is the length of the river? *ou* What length is the river?

What is the depth of the swimming pool? *ou* What depth is the swimming pool?

What is the width of the road? *ou* What width is the road?

*On répond :*

The building is 50 metres high.

The river is 10 miles long.

The swimming pool is 3 metres deep.

The road is 5 metres wide.

| adjectif | nom |
|----------|--------|
| long | length |
| high | height |
| deep | depth |
| wide | width |

## EXERCICE

*Traduisez les phrases suivantes :*

1. Quelle est la hauteur de l'Empire State Building ?
2. Quelle est la largeur de la caisse ?
3. Quelle est la longueur de la Tamise ?
4. Quelle est la profondeur du conteneur ?

## EXPRESSIONS ET PROVERBES

• Quels conteneurs pour quels contenus ?

**bottle** (for wine, milk): bouteille

**barrel** (for wine, beer): tonneau, baril

**basin** (for water, for mixing food): cuvette, bol

**basket** (for fruit): panier, corbeille

**bucket** (for water): seau
**bowl** (for salad, soup): bol, saladier, coupe
**case** (glasses, camera, violin, jewels): coffret, étui
**bag** (for groceries, shopping): sac
**jar** (for jam, marmalade): pot, bocal
**jug** (for water, wine): carafe, pichet, cruche
**carton** (for 20 packs of cigarettes, milk, juice): brique, cartouche
**can** (for soda, beer): cannette
**tin** (for tunafish, peas): boîte de conserve
**packet** (for biscuits, sweets, cookies, cigarettes): paquet, sachet


• Diverses étiquettes **(labels)** apposées sur les emballages :
**up / top / this side up:** haut
**down / bottom:** bas
**handle with care / fragile:** fragile, manipuler avec précaution
**keep in cool place:** conserver au frais, craint la chaleur
**keep dry:** tenir au sec
**don't tilt!:** ne pas retourner, ne pas incliner !


• **package tour:** voyage organisé (emballé, c'est parti !)
**It's part of the package.** Cela fait partie du contrat.
C'est pour offrir ? **Shall I wrap it up for you?** (formule proposée par la vendeuse lors d'un achat.)

☼ If you want to speed a package through the mail, try stamping it "fresh fish".

throw in the towel:
jeter l'éponge.

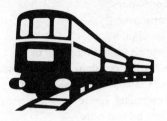

# TRANSPORT

## VOCABULAIRE

moyens de transport : **means of transport**
transport aérien / routier / ferroviaire / maritime : **air / road /
rail / sea transport**
transporteur : **carrier, haulier**
cargaison, fret : **cargo, freight**
charger : **load**
chargement, déchargement : **loading, unloading**
entreprise de transport routier : **haulage company**
camion : **truck** (US) / **lorry** (GB)
routier : **trucker, truck / lorry driver**
autoroute : **highway** (US) / **motorway** (GB)
wagon : **wagon** (GB) / **railroad car** (US)
train de marchandises : **goods train**
fret aérien : **air freight**
affréter des avions : **charter planes**
courtier maritime : **ship broker**
navire marchand : **merchant ship**

conteneurs : **containers**
expéditeur : **consignor**
destinataire : **consignee**
services d'expédition : **shipping services**
expédier : **send, ship, consign, forward, dispatch**
expédition, envoi : **shipping, consignment**
transitaire : **forwarding agent**
avis d'expédition : **advice note**
bon de livraison : **delivery sheet**
enlever la marchandise : **pick up, collect goods**
aux risques et périls de l'expéditeur : **at company's risks, CR**
aux risques et périls du destinataire : **at owner's risks, OR**
franco de port : **carriage paid**
port dû : **carriage forward**
frais de manutention : **handling costs**
payable à la commande : **cash with order, CWO**
payable à la livraison : **cash on delivery, COD**
prix du transport : **freight rate**
connaissement : **bill of lading**
coût assurances fret : **cost insurance freight, CIF**
perte : **loss**
risque de dégâts : **risk of damage**
délais de livraison : **delivery deadline**
endommagement, endommager : **damage**
stipulé dans / sur le contrat : **specified in the contract**
service porte à porte : **door-to-door service**
encombrant : **bulky**

## SITUATIONS DE COMMUNICATION

Our company ships goods worlwide. *(Notre société expédie les marchandises partout dans le monde.)*
We make all the necessary arrangements for the delivery. *(Nous organisons la livraison.)*

Can you ship the goods carriage paid? *(Pouvez-vous expédier les marchandises port payé ?)*

Shipment will be made by Dec. 10th at the latest. *(L'expédition se fera au plus tard le 10 décembre.)*

The forwarding agent will pick up the consignment directly from your warehouse. *(Le transitaire prendra la marchandise directement à votre entrepôt.)*

The container must leave the warehouse on Sept. 4th. *(Le conteneur doit quitter l'entrepôt le 4 septembre.)*

The container has been transported by road and then loaded on a ship. *(Le conteneur a été transporté par la route puis chargé sur un bateau.)*

The goods should reach you by the end of the week. *(Les marchandises devraient vous parvenir avant la fin de la semaine.)*

The shipment hasn't arrived yet. *(L'expédition n'est pas encore arrivée.)*

Could you confirm the name of the consignee? *(Pouvez-vous confirmer le nom du destinataire ?)*

Air freight has increased since Sept. 11th. *(Le prix du transport aérien a augmenté depuis le 11 septembre.)*

The trailer will not be unloaded before tomorrow. *(La remorque ne sera pas déchargée avant demain.)*

The consignment must meet the safety standards. *(L'expédition doit satisfaire les normes de sécurité.)*

The goods are expected to arrive on Feb. 14th. *(Les marchandises doivent arriver le 14 février.)*


## APPLICATION

*Cette grille contient la traduction en anglais des mots suivants :*
1. expédition – 2. dégâts – 3. chargement – 4. conteneur – 5. camion – 6. destinataire – 7. livraison – 8. cargaison, fret – 9. encombrant – 10. perte – 11. marchandises – 12. routier – 13. remorque – 14. chemin de fer.

*Les 14 lettres restantes (déjà dans l'ordre) vous donneront un mot américain sujet de cette unité.*

| T | R | C | O | N | T | A | I | N | E | R | D |
|---|---|---|---|---|---|---|---|---|---|---|---|
| C | O | N | S | I | G | N | M | E | N | T | A |
| L | C | O | N | S | I | G | N | E | E | F | M |
| O | A | R | A | I | L | L | O | S | S | R | A |
| A | K | N | G | O | O | D | S | S | P | E | G |
| D | C | O | R | T | B | U | L | K | Y | I | E |
| I | U | A | T | R | A | I | L | E | R | G | T |
| N | R | D | E | L | I | V | E | R | Y | H | I |
| G | T | T | R | U | C | K | E | R | O | T | N |

## GRAMMAIRE
## LES VERBES À PARTICULES (1)

*Les particules (up, on, off, back...) placées après un verbe peuvent le modifier. Elles font partie du verbe.*

> Stand up! *(Lève-toi !)*

*Elles ne sont pas forcément suivies d'un complément.*
*Elles sont souvent utilisées avec des verbes de mouvement.*

*Attention à l'ordre des mots et à la place de la particule :*

> He took **off** his hat *ou* He took his hat **off**. *(la particule peut se placer après le complément)*
> He took it **off**. *(quand le complément est un pronom, la particule est toujours placée après)*

*Voici quelques verbes à particules les plus courants (1) :*
account for: *expliquer*
back up: *soutenir, reculer*
be away: *être absent*

be out: *être sorti*
break down: *tomber en panne*
bring up: *élever*
bring about: *provoquer*
call back: *rappeler*
carry on: *continuer*
catch up: *rattraper*
check in: *s'inscrire à l'hôtel*
check out: *payer sa note en partant*
come in: *entrer*
come out: *sortir*
come back: *revenir*
do without: *se passer de*
fill out: *remplir un formulaire*
find out: *découvrir*
get along / on: *s'entendre avec quelqu'un*
get back: *revenir*
get by: *s'en sortir*
get up: *se lever*
get out: *sortir*
give back: *rendre*
give up: *abandonner*
*(voir suite Unit 54)*

## EXERCICE

*Complétez les phrases avec le verbe à particule qui convient
(come back, be in, get on, break down, check out, do without).
Mettez-le au bon temps.*
1. Mrs Smith can't see you now; she.....
2. .....! Don't stay in the rain.
3. I must take a taxi ; my car.....
4. I'll leave the key and ......
5. I love sugar; I can't ..... it.
6. Mary and Steven ..... well; they are a real team.

## ■ EXPRESSIONS ET PROVERBES

• **transport** (GB) / **transportation** (US)
• **expect:** s'attendre à quelque chose – **wait:** attendre quelque chose ou quelqu'un
• Pour exprimer un délai, utiliser **"by"** ou **"before"** (**by 10:** avant / d'ici 10 heures - **by Nov. 3rd:** avant / d'ici le 3 novembre)
• Le mot **"posh"** (« chic ») vient de : **"Port out, starboard home"** (« bâbord à l'aller, tribord au retour », place des cabines plus fraîches, que les passagers choisissaient sur le paquebot reliant l'Angleterre et l'Inde)
• **to shlp:** expédier (par bateau à l'origine, d'où le choix de ce verbe)
**shipment:** expédition
• Attention à la traduction du mot « voyage » : **travel, trip, voyage** (par mer), **journey** (voyage d'un point à un autre), **package tour** (organisé).

Travel broadens the mind. Les voyages forment la jeunesse. (littéralement : « élargissent l'esprit »)
More haste, less speed. Hâte-toi lentement.
All roads lead to Rome. Tous les chemins mènent à Rome.

☼: "Travel not only broadens the mind but it also flattens the finances." (le célèbre proverbe est repris et moqué) (*broaden*: élargir – *flatten*: aplanir ; ici : diminuer).

put the cart before the horse: mettre la charrue avant les bœufs.

# ORDERS
## COMMANDES

### VOCABULAIRE

commande : **order**
commande d'essai : **trial order**
commande en grosse quantité : **bulk order**
passer / annuler une commande : **place / cancel an order**
commander par correspondance : **order by mail**
bon de commande : **order form**
achat : **purchase**
responsable des ventes : **Sales Manager**
livraison : **delivery**
effectuer une livraison : **carry out a delivery**
livrer : **deliver**
livreur : **delivery man**
fournir : **supply**
fournisseur : **supplier**
client : **customer**
tarif : **price list**
prix : **price, quotation**
prix de gros / au détail : **wholesale / retail price**
prix de revient : **cost price**

prix de vente : **selling price**
prix unitaire : **unit price**
convenir d'un prix : **agree on a price**
réductions pour commandes en grosses quantités : **reduction for bulk orders**
conditions : **terms**
remise, réduction : **discount**
date de livraison : **delivery time**
respecter les délais : **meet the deadline**
payable à la livraison : **payment on delivery**
règlement à la livraison, livraison contre remboursement : **cash on delivery (COD)**
règlement à la commande : **cash with order (CWO)**
mensualités : **monthly instalments**
virement bancaire : **bank transfer**
coûter : **cost**
CAF, coût assurance fret : **CIF cost, insurance, freight**
port payé : **carriage paid**
facture (pro-forma) : **(pro-forma) invoice**
confirmer : **confirm**
réduction : **discount**
cher : **expensive**
bon marché : **cheap**
article : **item**
marchandises : **goods**
échantillon : **sample**
expédition : **consignment, shipment**
représentant : **representative**
réclamation : **complaint**
défectueux : **faulty**
endommagé : **damaged**

## SITUATIONS DE COMMUNICATION

Could you please send us your catalogue and price-list?
*(Veuillez nous envoyer votre catalogue et vos tarifs.)*

How long would / will it take you to deliver? How long will delivery take? What is your delivery time? *(Quels sont vos délais de livraison ?)*

Of course, our prices don't include delivery. *(Bien sûr, nos prix ne comprennent pas la livraison.)*

We have received the goods but some items are missing. *(Nous avons reçu la marchandise mais il manque quelques articles.)*

We would like to confirm your order of April 30th. *(Nous aimerions confirmer votre commande du 30 avril.)*

Do your prices include VAT? *(Vos prix incluent-ils la TVA ?)*

Could you grant us a 5% discount? *(Pourriez-vous nous accorder une remise de 5% ?)*

We usually grant a discount for bulk orders. *(Nous accordons habituellement une remise pour les commandes en grosse quantité.)*

We would be pleased to send you some samples. *(Nous serons heureux de vous envoyer des échantillons.)*

All our products carry a guarantee of one year. *(Tous nos produits bénéficient d'une garantie d'un an.)*

Your order will be shipped as soon as possible. *(Votre commande sera expédiée dès que possible.)*

We are sorry to inform you that we are unable to deliver your goods for the moment. *(Nous sommes au regret de vous informer que nous ne sommes pas en mesure de livrer vos marchandises pour le moment.)*

The quantities received do not correspond to our order. *(Les quantités reçues ne correspondent pas à notre commande.)*

Please return the damaged items to us, we will replace them immediately. *(Veuillez nous renvoyer les articles défectueux et nous vous les remplacerons immédiatement.)*


## APPLICATION

*Lisez les définitions et complétez la grille :*

1. three letters which mean « livraison contre remboursement »
2. You pay ..... or charge?

3. not expensive
4. opposite of "confirm"
5. Please ..... your order in writing
6. port payé = ..... paid
7. We received a ..... about the bad quality of the goods
8. Could you please send me your two c..... and price-list

```
C   .   .   1
C   .   .   .   2
C   .   .   .   .   3
C   .   .   .   .   .   4
C   .   .   .   .   .   .   5
C   .   .   .   .   .   .   .   6
C   .   .   .   .   .   .   .   .   7
C   .   .   .   .   .   .   .   .   .   8
```

## GRAMMAIRE
### TRADUIRE « ENCORE », « PAS ENCORE », « DÉJÀ »

- **still** *exprime qu'une action est en cours : encore, toujours*
    Are you still working in Tokyo or have you moved back
    to London? *(Travaillez vous encore / toujours à Tokyo
    ou êtes-vous retourné à Londres ?)*
    Mr Macé is still in his office. *(M. Macé est encore dans
    son bureau.)*
- **yet** *s'utilise pour demander si une action a eu lieu : déjà*
    Have you ordered the goods yet? *(Avez-vous déjà
    commandé les marchandises ?)*
*Yet s'emploie souvent avec le present perfect ; il se place à la
fin de la question.*
*A la forme négative, "yet" traduit « pas encore »*
    We haven't ordered yet. *(Nous n'avons pas encore
    commandé.)*

• **still ... not** *(toujours pas)* et **not ... yet** *(pas encore)*
*Comparez ces deux phrases :*

> He hasn't called me yet. *(Il ne m'a pas encore appelé.*
> *(mais je sais qu'il va le faire)*
> He still hasn't called me. *(Il ne m'a pas encore appelé.*
> *(il aurait dû le faire)*

*La deuxième phrase exprime l'impatience et l'agacement.*

### EXERCICE

*Complétez les phrases comme dans l'exemple :* Henry is still working. (go): He hasn't gone yet.

1. It is still raining. (stop):
2. We are still here. (leave):
3. The meeting is still going on. (finish):
4. I am expecting his call. (call): He .....
5. She is still single. (find):

### EXPRESSIONS ET PROVERBES

• **« délai »** en français se traduit par **"delivery time"** ou **"deadline"**

**"delay"** en anglais signifie **« retard »** (**We are sorry for the delay.**)

by word of mouth: oralement,
de bouche à oreille.

# SALES
VENTES

### VOCABULAIRE

Directeur des ventes / Directeur commercial : **Sales Director /
Manager**
vendre : **sell**
acheter : **buy / purchase**
commerce de détail : **retail trade**
commerce de gros : **wholesale trade**
détaillant : **retailer**
grossiste : **wholesaler**
client : **customer**
fidéliser la clientèle : **develop customer's loyalty**
représentant : **sales representative / rep**
vente par correspondance : **mail order selling**
objectifs de vente : **sales goals**
prévisions de vente : **sales forecast**
bénéfices : **profit**
coûter : **cost**
acheter au prix fort : **buy full price**
marchander : **bargain, bargain about a price**

commande(r) : **order**

passer une commande : **place / carry out / fulfil / execute an order**

conditions d'achat : **terms, conditions of purchase**

acompte, arrhes : **down payment, deposit**

marchandise : **goods**

facture : **invoice**

livraison : **delivery**

règlement à la livraison : **cash on delivery, COD**

payer à tempérament / par versements échelonnés : **pay by instalments**

envoi, expédition : **shipment, consignment**

épuisé : **out of stock**

gamme de prix : **price range**

étiquette de prix : **price tag**

tarif : **price list**

ristourne, remboursement : **refund**

rabais : **rebate**

accorder un rabais : **grant a discount**

soldes : **clearance sale**

en solde : **on sales, at bargain price**

hausse de prix : **mark up**

respecter les délais : **meet a deadline**

ticket de caisse : **receipt**

rapport qualité-prix : **value for money**

échantillon : **sample**

**hard sell** (vente agressive ) **soft sell** (vente non agressive)

## SITUATIONS DE COMMUNICATION

buy cash *(payer comptant)* / on credit *(à crédit)*

It's a real bargain. *(C'est une affaire.)*

It's not worth what I paid for. It's a rip off. *(Ça ne vaut pas ce que j'ai payé. C'est du vol. [fam.].)*

I can't afford it. *(Je ne peux pas me le permettre.)*

I got 15% off. *(J'ai eu une réduction de 15 %.)*

Our prices are competitive and attractive. *(Nos prix sont compétitifs et attractifs.)*

Our promotional offer doesn't include this article. *(Notre offre promotionnelle ne comprend pas cet article.)*

The payment is overdue. *(Le paiment est en retard.)*

She returned the article; she was given a refund. *(Elle a rendu l'article ; on l'a remboursée.)*

It's good value for money. *(C'est un bon rapport qualité-prix.)*

It sells well. *(Ça se vend bien.)*

## APPLICATION

*Reliez le mot anglais à son équivalent en français :*

| | |
|---|---|
| 1. l'offre et la demande | a. price tag |
| 2. détaillant | b. mark up |
| 3. grossiste | c. deposit |
| 4. remise | d. purchasing power |
| 5. acompte | e. terms |
| 6. espèces | f. discount |
| 7. étiquette | g. out of stock |
| 8. hausse de prix | h. refund |
| 9. pouvoir d'achat | i. value for money |
| 10. conditions | j. to bargain |
| 11. rapport qualité-prix | k. profit |
| 12. remboursement | l. retailer |
| 13. marchander | m. wholesaler |
| 14. acheter | n. supply and demand |
| 15. bénéfices | o. to purchase |
| 16. rupture de stock | p. cash |

## GRAMMAIRE
## EXPRIMER LE FUTUR

• **will**

*quand l'action se fait au moment où l'on parle :*

> Don't move, I'll call a taxi!

> *quand on exprime une prédiction :*

> I know I'll find a job soon.

> *avec "if", "probably", "I'm sure", "I think":*

> If he calls me, I'll tell him the truth.

> I'll probably meet him later.

> I'm sure you'll miss him.

> Do you think he'll call me?

• **be going to...** *(aller faire...) pour exprimer l'intention, la prévision :*

> It's going to rain.

> What is he going to do this evening?

• *présent continu (be + verbe + ing) pour exprimer un projet, un programme prévu :*

> I'm leaving at 8.

• *présent simple pour les horaires :*

> The train leaves at 9.

*Attention : Pas de futur dans les subordonnées de temps introduites par **when** et **as soon as**. On utilise le présent (ou le present perfect) alors qu'en français on utilise le futur :*

> *J'achèterai une voiture quand j'aurai de l'argent.* I'll buy a car when I **have** money.

> *Nous sortirons dès qu'il arrivera.* We'll go out as soon as he **comes.**

> *Dès qu'il aura fini, il appellera.* As soon as he **has finished** he'll call.

## EXERCICES

*Traduisez les phrases suivantes :*

1. Nous vous enverrons le chèque dès que nous recevrons la facture.

2. Je vous rembourserai quand vous m'aurez montré le reçu.

*Choisissez la bonne réponse :*
1. If she buys this article she <u>is going to / will be</u> happy.
2. The store <u>is going to close / is closing</u> at seven.
3. Don't worry, you <u>are going to get / will get</u> a refund.
4. I'm sure they <u>leave / will leave</u> on time.
5. I'm not free next week ; <u>I'll work / am working</u>.


## EXPRESSIONS ET PROVERBES

• **Cash or charge?** (US): Vous payez en espèces ou par carte ou chèque ?
**cost the earth / an arm and a leg:** coûter les yeux de la tête
**sell like hot cakes:** se vendre comme des petits pains
**pay cash on the nail:** payer rubis sur l'ongle
**meet the client's needs:** répondre aux besoins du client
**supply and demand:** l'offre et la demande

Don't count your chicken before they are hatched. Il ne faut pas vendre la peau de l'ours avant de l'avoir tué.
The best things in life are free. Les meilleures choses dans la vie sont gratuites.
Money can't buy happiness. L'argent ne fait pas le bonheur.

☼ "More sales have been started when the salesman's mouth was closed than when it was open."

know the ropes: connaître les ficelles du métier.

# INSURANCE
## ASSURANCES

**VOCABULAIRE**

assurer : **insure**
assureur : **insurer, underwriter** (domaine maritime), **insurance agent**
police d'assurance : **insurance policy**
renouveler : **renew**
prime annuelle : **annual premium**
tarif d'assurance : **insurance rate**
prime d'assurance : **insurance premium**
contrat d'assurance : **insurance policy**
résiliation : **cancellation**
déclaration de sinistre : **insurance claim**
assurance tous risques / multirisques : **all-risks policy, comprehensive insurance, full cover** (GB)
assurance incendie / maladie / chômage / accident : **fire / health / unemployment / accident insurance**
assurance vie : **life insurance**
assuré (nom) : **policy holder, the insured**
courtier : **broker**
expert : **assessor**

couverture : **coverage**
risque : **risk, hazard**
bris de glace : **plate-glass insurance**
vol : **theft**
rapport d'expertise : **survey report**
délai de dénonciation : **term of notice**
demande d'indemnité : **claim for compensation**
évaluer : **estimate, value**
garantir (contre) : **protect against**
garantie : **protection**
indemnité : **compensation**
indemniser : **indemnify** (être indemnisé : **be indemnified**)
évalué : **valued**
perte totale / partielle : **total / partial loss**
régler un sinistre : **settle a claim**
valeur assurée : **value insured**
prolongation : **extension**
réclamations : **claims**
évaluer les dégâts : **assess the damage** (sing.)
accidents du travail : **industrial injuries**
devis : **estimate**

## SITUATIONS DE COMMUNICATION

Damage **was** significant. *(verbe au singulier) (Les dommages étaient considérables.)*
The fire did damage. *(Le feu a causé des dommages.)*
We are insured against fire.
The assessor will assess the damage soon. *(L'expert évaluera les dommages bientôt.)*
This policy doesn't cover you against theft. *(Cette assurance ne vous couvre / garantit pas contre le vol.)*
The terms of the agreement is stated in the insurance policy. *(Les termes de l'accord sont spécifiés dans le contrat d'assurance.)*

The cancellation must be notified in writing. *(La résiliation doit être notifiée par écrit.)*
The contract will become effective / take efect on the 15ᵗʰ. *(Le contrat prendra effet le 15.)*
The claims must be made by the policy holders in writing. *(Les sinistres doivent être déclarés par écrit par les assurés.)*
The insurance company will settle the claim soon.

## APPLICATION

*Complétez les phrases avec les mots suivants :* life insurance – submit – against – indemnify – settlement – assess – premium – valid – broker – policy holders – liability – assessor.
1. The insurance will be ...... until December 2005.
2. To be indemnified you must ...... your claim as soon as possible.
3. Don't forget to pay your renewal ......
4. The store is insured ...... fire and theft.
5. The company will ...... the policy holder.
6. He admitted ...... for the loss.
7. The insurance ...... will probably give you better rates.
8. The delay in ...... of claims can be quite long.
9. ...... are indemnified for all losses.
10. The ...... will ...... the damage.
11. He has taken a ...... on his children.

## GRAMMAIRE
### SOME / ANY

"Some" *et* "any" *expriment une quantité indéfinie : du, de la, des, quelques.*
• **some** *dans les phrases affirmatives :*
    We have some customers in Asia.
• **any** *dans les phrases interrogatives et négatives :*

Have you got any copies to make?

I don't have any paper.

• *Attention : on utilise généralement "some" dans les questions dans le sens d'une demande polie ou d'une offre :*

Would you like some tea?

Can I have some coffee, please?

• *Dans des phrases de sens négatif (avec* without *et* never*), on utilise :* any

He left the company without any regrets.

They never make any comments.

• *Any peut avoir le sens de « n'importe quel » :*

You can take any of these trains to go to London.

Which text would you like to read? Any text.

Come any time you want.

• *Les composés de some et any :*

somebody, someone *(quelqu'un)*, anybody, anyone

something *(quelque chose)*, anything

somewhere *(quelque part)*, anywhere

## EXERCICE

*Complétez avec :* some - any – someone - anyone – something - anything

1. We have visited ...... interesting places.
2. Would you like ...... to drink?
3. Could I have ...... bread?
4. We don't mind: we can eat ......
5. Patrick never make ...... complaints.
6. ...... day will be fine for the meeting.
7. He travelled without ...... money.
8. I've got ...... interesting to show you.
9. They haven't got ...... children.
10. You can take ...... you want.

## EXPRESSIONS ET PROVERBES

• **damage** (sing.)**:** dégâts
**damages** (plur.)**:** dommages et intérêts
• Ne pas confondre :
Nous vous assurons... (sens de affirmer) : **We assure you**…
Nous assurons... ( par contrat) : **We insure**...
assurance (confiance en soi) : **self-assurance**
s'assurer (vérifier) : **make sure**
• Les mots peuvent jouer des tours: **a hazard** (un risque) / **a chance** (un hasard)

Health is better than wealth. Santé vaut mieux que richesse.
Prevention is better than cure. Mieux vaut prévenir que guérir.

☼: "– Have an accident? – No, thanks, just had one." (expression
Have a… = Would you like…?)

☼: "Don't drive as if you owned the road, drive as if you owned
the car." (*to own:* posséder).

clear as crystal: clair comme
de l'eau de roche.

# EXHIBITIONS, CONFERENCE CENTRES
## EXPOSITIONS, CENTRES DE CONFÉRENCES

## VOCABULAIRE

organiser un séminaire / un événement : **organize / set up a convention / an event**

lieu : **venue**

événement : **event** (événement à grande échelle : **large scale event**)

événements sur mesure : **tailor-made events**

se tenir : **be held**

avoir lieu : **take place**

répondre à vos besoins : **meet your needs**

réserver un stand : **book a stand**

organiser l'exposition : **manage / organize the exhibition / exhibit** (US)

s'occuper des réservations : **deal with the bookings**

fournir : **provide something (provide someone with something)**

ateliers : **workshops**

exposition : **exhibition**

surface d'exposition : **exhibition area**
exposants : **exhibitors**
régie vidéo : **video control room**
traiteur : **caterer**
service traiteur : **catering**
service supplémentaire : **additional service**
tables rondes : **round tables**
équipements, prestations : **facilities**
technologies de pointe : **state of the art technologies**
duplex, liaisons : **link-ups**
installation facile : **easy set-up**
cartes d'invitation : **complimentary tickets, invitations**
hall principal : **main hall**
présentoirs : **display**
hébergement : **hotel accommodation**
centre / galerie commercial(e) : **shopping mall**
nombre de places assises : **seating capacity**
parking de 2 000 places : **parking for 2,000 vehicles**

## SITUATIONS DE COMMUNICATION

The restaurants offer a wide choice. *(Les restaurants offrent un large choix.)*

Do you have any stands available? *(Avez-vous des stands disponibles ?)*

The basic stand size is 4 m by 6 m. *(Le stand ordinaire mesure 4 m sur 6.)*

Will there be an extra charge? *(Faut-il un supplément ?)*

Our hostesses will welcome the visitors. *(Nos hôtesses accueilleront les visiteurs.)*

The conference room has a seating capacity of 300 people. *(La salle de conférences peut accueillir 300 personnes.)*

The Centre is within easy reach / access by air / rail / road. *(Le centre est d'accès facile par avion / train / route.)*

Mr Négro is in charge of organizing the event. *(M. Négro est responsable de l'organisation de l'événement.)*

Our caterers will take care of your lunches and receptions. *(Nos traiteurs s'occuperont de vos déjeuners et réceptions.)*

The exhibition areas are spread over three levels. *(Les surfaces d'exposition sont réparties sur trois niveaux.)*

They can provide us with video control rooms linked to the conference rooms. *(Ils peuvent mettre à notre disposition des régies vidéo reliées aux salles de conférences.)*

Il est facile d'accès. *(It is conveniently located.)*

We are expecting 250 delegates. *(Nous attendons 250 délégués.)*

We can provide a buffet lunch for $35 per head / person. *(Nous pouvons vous proposer un buffet à 35 dollars par personne.)*

## APPLICATION

*Liez le mot de gauche à son synonyme dans la colonne de droite :*

| | |
|---|---|
| 1. venue | a. lodging / rooms |
| 2. tailor-made | b. free |
| 3. set up | c. way |
| 4. parking space | d. take care of |
| 5. access | e. reserve |
| 6. accommodation | f. install / organize |
| 7. deal with | g. place / location |
| 8. complimentary | h. made to measure |
| 9. book | i. the best |
| 10. state of the art | j. car park |

## GRAMMAIRE
## MANY / MUCH / A LOT OF

*Ils servent à exprimer une grande quantité.*

• **many + *noms dénombrables* :**

There were many visitors at the Congress.

We provide many facilities.

• **much + *noms indénombrables* :**

Setting up a stand takes much time.

• **a lot of** *peut être suivi d'un dénombrable ou d'un indénombrable.*
• *Pour traduire « **trop** » : too many / too much*

> There are too many visitors on our stand today.
> There's too much noise.
> This guest speaker speaks too much!

## EXERCICE

*Complétez avec "many" ou "much" :*

1. We have displayed ...... new products.
2. The caterers provide ...... bread, ...... wine, ...... cakes.
3. The buffet lunch for the delegates will cost ...... money.
4. ...... technology products will be developed in the near future.
5. There are ...... good hotels on site.

## EXPRESSIONS ET PROVERBES

• **It's quite an event!** C'est un événement !
**in that event:** dans ce cas.
**it's my round:** c'est ma tournée.
**be in conference:** être en réunion.

Everyone to his taste. Chacun ses goûts.

☀ "A conference room is a place where everybody talks, nobody listens and everybody disagrees afterwards." (*disagree*: ne pas être d'accord ; *afterwards*: ensuite)

☀ "A conference is a meeting to decide when and where the next meeting will be held." (*to be held*: se tenir).

get down to business: passer
aux choses sérieuses.

# ADVERTISING
PUBLICITÉ

## VOCABULAIRE

annonceur : **advertiser**
faire de la publicité : **advertise**
rendre public : **publicize**
publicitaire (personne) : **adman / publicist**
directeur artistique : **art director**
directeur du marketing : **marketing director**
directeur de création : **creative director**
rédacteur-concepteur : **copywriter**
directeur de clientèle : **account manager**
chef de fabrication : **product manager**
chef de produit : **product / brand manager**
acheteur d'art : **art buyer**
objectif : **aim, objective, goal**
cible : **target / target audience**
lancer un produit : **launch a product**
message : **message**
calendrier de campagne : **campaign schedule**
enseigne, marque : **brand**

signature de marque : **brand signature**

signature produit (slogan) : **product signature**

campagne de publicité : **advertising campaign**

publicité : **ad, advert** (GB)

publicité médias : **above the line advertising**

publicité hors médias : **below the line advertising**

publicité mensongère : **deceptive advertising**

notoriété : **recognition, awareness**

argumentaire : **pitch**

affichage : **posting / poster advertising**

affiche : **poster, bill** (US), **hoarding** (GB)

annonce presse : **press advertisement**

média(s) : **medium/media** (plur.)

médiatisation : **media coverage**

support : **advertising medium**

espace publicitaire (TV, radio) : **airtime**

film publicitaire : **commercial**

indice d'écoute : **audience rating**

client potentiel : **prospect/prospective client**

fidélité à la marque : **brand loyalty**

maquette : **layout**

accroche : **catch phrase / line, hook**

créneau : **niche**

texte d'une annonce publicitaire, argumentaire : **body/body
copy**

tirage : **print**

publicité sur le lieu de vente (PLV) : **point of sale advertising
(POS)**

faire passer un message : **get a message across**

répondre aux besoins du client / convenir : **meet / satisfy the
client's needs**

inciter à l'achat : **induce someone to buy**

cibler, avoir pour but de : **aim at** (+ verbe + ing)

mettre en œuvre : **implement**

## SITUATIONS DE COMMUNICATION

Coco&Co is a multi-activity communications group; it is orga-nized into three centres of expertise. *(Coco&Co est un groupe de communication multi-métiers, organisé autour de trois pôles d'expertises.)*

There are many areas / fields of expertise. *(Nous avons de nom-breux domaines de compétence.)*

The mission of the advertising agency is to help brands and companies bring to life their relations with their clients through the creation and media coverage of marketing actions. *(L'agence de publicité a pour vocation d'aider les marques et enseignes à rendre vivantes leurs relations avec leurs clients à travers la création et la médiatisation d'actions commerciales.)*

The consulting activity helps companies to build original and winning communications and marketing strategies. *(L'activité consulting aide les entreprises à élaborer des stratégies de mar-keting et de communication gagnantes et non banales.)*

Our advertising agency has won many prizes and awards. *(Notre agence a gagné de nombreux prix et récompenses.)*

The role of each department is to cover a vast territory by exporting its know-how. *(Chaque pôle a vocation à couvrir un vaste territoire en exportant son savoir-faire.)*

This is a made-to-measure offer which allows the brand to show its ability to listen to consumers. *(C'est une offre sur mesure qui permet à la marque de démontrer sa capacité d'écoute.)*

Coco&Co communication has developed a visual territory in order to enhance its visibility, impact and recognition. *(La commu-nication de Coco&Co se dote d'un territoire visuel pour accroître sa visibilité, son impact et sa notoriété.)*

## APPLICATION

*Indiquez dans la colonne de droite le numéro de la syllabe accen-tuée :*

|      | 1   | 2    | 3      | 4    | 5    | 6  |    |
|------|-----|------|--------|------|------|-----|---|
| 1.   | Po  | li   | tics   |      |      |     |   |
| 2.   | Po  | li   | ti     | cal  |      |     |   |
| 2.   | Po  | li   | ti     | cal  | ly   |     |   |
| 2.   | Ex  | pert |        |      |      |     |   |
| 5.   | Ex  | per  | tise   |      |      |     |   |
| 5.   | Ex  | pe   | rience |      |      |     |   |
| 5.   | E   | co   | no     | my   |      |     |   |
| 5.   | E   | co   | no     | mi   | cal  |     |   |
| 5.   | E   | co   | no     | mi   | cal  | ly  |   |
| 10.  | Ad  | vert |        |      |      |     |   |
| 11.  | Ad  | ver  | ti     | ser  |      |     |   |
| 12.  | Ad  | ver  | ti     | se   | ment |     |   |
| 13.  | Ma  | na   | ge     |      |      |     |   |
| 14.  | Ma  | na   | ger    |      |      |     |   |
| 15.  | Ma  | na   | ge     | rial |      |     |   |
| 16.  | Or  | ga   | ni     | ze   |      |     |   |
| 17.  | Or  | ga   | ni     | za   | tion |     |   |
| 18.  | Em  | ploy |        |      |      |     |   |
| 19.  | Em  | ploy | ment   |      |      |     |   |
| 20.  | Un  | em   | ploy   | ment |      |     |   |
| 21.  | Res | pon  | si     | ble  |      |     |   |

| 22. | Res | pon | si | bi | li | ty | |
|-----|-----|------|------|-----|----|----|---|
| 23. | Pro | duct | | | | | |
| 24. | Pro | duc | tion | | | | |
| 25. | Pro | duc | ti | vi | ty | | |
| 26. | De | ve | lop | | | | |
| 27. | De | ve | lop | ment | | | |

## GRAMMAIRE
## TRADUIRE « SOIT... SOIT », « NI... NI »

• **soit... soit : either... or**

> This man is either the managing director or the chairman. *(Cet homme est soit le directeur général soit le président.)*
>
> Either he is the managing director or the chairman. *(Soit c'est le directeur général soit c'est le président.)*

"either" *se prononce de deux façons :* [aïther] *ou* [ither] *plus américaine.*

• **ni... ni : neither... or**

> They promised they would confirm the meeting, neither they called nor they sent us an email. *(... ils n'ont ni appelé ni envoyé un email)*
>
> Neither Allison nor Jessica smokes. *(attention : le verbe est au singulier)*

• Either et neither *peuvent s'utiliser seuls :*

> Orange juice or apple juice? Either, I like both. *(L'un ou l'autre, j'aime les deux.)*
>
> Whisky or champagne? Neither, I don't like alcohol. *(Ni l'un ni l'autre, je n'aime pas l'alcool.)*

## EXERCICE

*Traduisez les phrases suivantes :*

1. Nous pouvons nous rencontrer soit lundi soit mercredi.
2. Ni James ni Jason ne sont venus à la conférence.
3. Il ne sait ni lire ni écrire.
4. Mon projet ou son projet ? L'un ou l'autre.
5. Vous voulez du poisson ou du poulet ? Ni l'un ni l'autre.

## EXPRESSIONS ET PROVERBES

• Ne pas confondre **"advertising"** et **"publicity"** (les deux mots étant traduits par publicité en français) :

– **advertising (to promote a product):** publicité commerciale

> He works in an advertising agency.

– **publicity (to attract public attention and interest):** publicité (donnée à un événement)

> The royal wedding received a lot of publicity in the press.

Deux verbes en découlent : **to advertise** (faire de la publicité) et **to publicize** (rendre public).

• Attention à ces mots : **advertiser** (annonceur) et **adman** ou **publicist** (publicitaire)

• Le mot **"advertisement"** (annonce) se prononce différemment aux USA et en GB :

- **adver̲tisement** (le i se prononce i) accent sur <u>ver</u> en GB = **advert**

– **adver̲ti̲sement** (le i se prononce aïe) accent sur **ti** prononcé **taï** aux USA = ad

• **Hard-sell advertising** (publicité dure ou persuasive) : **more focused on immediate buying**

**Soft-sell advertising** (publicité douce ou informative) : **more focused on motivations and feelings**

• *Pour traduire le mot « client » :*
**customer:** achète des produits
**client:** achète des services
**account:** client, clientèle d'agence de pub
**end-user:** client final, utilisateur
**shopper:** client d'un magasin
**guest:** client d'un hôtel
**consumer** se traduit par : consommateur
• Attention : en français, média au singulier, médias au pluriel.
En anglais, **medium** au singulier, **media** au pluriel.
**Some media : press, TV, radio, cinema, posting, mail, exhibitions**
Attention : prix : **price** (prix que l'on paie pour un produit) et
**prize** (prix récompense)
• **B to B ( B2B) Business to Business:** transactions, échanges entre entreprises
**B to C (B2C) Business to Consumer:** transaction, échanges de l'entreprise au consommateur

☼ "Advertising is the art of making whole lies out of half truths."
(*lies*: mensonges – *truth*: vérité)

☼ "It used to be that people needed products to survive. Now products need people to survive."

move with the times: vivre avec son temps.

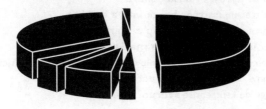

# MARKETING

## VOCABULAIRE

cible : **target / target group / audience**
but, objectif : **aim, goal, objective**
réaliser un objectif : **achieve / reach a goal, an objective**
besoins : **needs**
analyse des besoins : **needs analysis**
concurrence : **competition**
concurrent : **competitor**
concurrence, compétitivité : **competitivity**
directeur du marketing : **marketing manager / director**
marque : **brand**
nom de marque : **brand name**
image de marque : **brand image**
marque déposée : **registered trademark**
stratégie commerciale : **marketing strategy**
élaborer une stratégie / un positionnement : **build up a strategy**
campagne commerciale, de promotion : **marketing / sales campaign**
sondage : **survey**

part de marché : **market share**
pénétrer un marché : **break into a market**
s'attaquer à un marché : **tap a market**
viser un marché : **aim at a market**
commercialiser, mettre sur le marché : **market a product**
gamme de produits : **product range**
image de l'entreprise : **corporate image**
image de marque : **brand image**
consommateur : **consumer**
consommation : **consumption**
client : **customer, client**
client potentiel : **prospect, prospective / potential client**
comportement : **behaviour**
pouvoir d'achat : **purchasing power**
fidélité : **loyalty**
savoir-faire : **know-how**
compétences, expertise : **expertise**
point de vente, débouché : **outlet**
tendance : **trend**
terrain : **field**
étude sur le terrain : **field survey**
répondre aux besoins du client : **meet / satisfy customer's / client's needs**
l'offre et la demande : **supply and demand**
positionnement : **positionning**
segmentation : **segmentation**
canaux de distribution : **distribution channels**

## SITUATIONS DE COMMUNICATION

Advertising is the main marketing tool. *(La publicité est le principal outil de marketing.)*
Who are you aiming at? *(Quelle est votre cible ?)*
Marketing is checking that the product meets the consumers' needs and requirements. *(Faire du marketing, c'est vérifier que le produit répond aux besoins et aux attentes du consommateur.)*

We are hoping to break into the American market. *(Nous espérons pénétrer le marché américain.)*

Could you please outline the best marketing goals and strategies? *(Pourriez-vous nous exposer les meilleurs objectifs et stratégies marketing ?)*

Marketing can also be used to sell an organization's services. *(Le marketing sert aussi à vendre les services d'une organisation.)*

Persuading customers and clients is the main objective of marketing. *(Persuader les clients est le principal objectif du marketing.)*

Marketing is also improving techniques and technology to develop the best products to be bought by the customers. *(Le marketing, c'est aussi améliorer les techniques et la technologie pour développer les meilleurs produits à faire acheter aux clients.)*

Even a bad product can become successful if the marketing strategy is good. *(Même un mauvais produit peut avoir du succès si la stratégie marketing est bonne.)*

### APPLICATION

*Mettez chaque mot dans la colonne qui lui correspond :*

on-line advertising – leaflet – magazine – posters – mass media advertising – packaging – events – TV – vehicles – radio – newspapers – point of sale advertising – advertising – cinema – billboards – fliers – displays

| BELOW THE LINE (hors médias) | ABOVE THE LINE (médias) |
|---|---|
| | |
| | |
| | |

## GRAMMAIRE
## "MAKE" ou "DO" (I)

*"Make" et "do" traduisent le verbe « faire ».*
• **make** *signifie souvent « faire » dans le sens de « fabriquer avec ses mains », mais pas toujours !*
• **do** *signifie souvent « faire quelque chose qui ne produit pas un résultat concret », mais pas toujours !*

*Pour vous aider, mémorisez cette liste :*

| MAKE | DO |
|---|---|
| up one's mind *(se décider)* | one's best / utmost *(faire de son mieux)* |
| plans | homework, exercises, a translation |
| arrangements | a favor *(rendre service)* |
| an effort | a sum, a problem |
| an impression | business *(faire des affaires)* |
| a decision | someone good *(faire du bien à qqn)* |
| sense *(être logique, évident)* | shopping |
| progress | the books *(faire les comptes)* |
| an appointment *(prendre RV)* | one's duty *(faire son devoir)* |
| a suggestion | research |
| a difference *(changer qqch)* | |

## EXERCICE

*Traduisez les phrases suivantes :*
1. Rendez-moi service, pourriez-vous me traduire cet ordre du jour ?
2. Il s'arrangea pour arriver en avance au conseil d'administration.
3. Ce qu'a dit le PDG est logique.

4. Ils faisaient des affaires ensemble.

5. Prendre un peu d'air frais vous fera du bien.

6. Qu'il soit là à 4 heures ou à 5 heures, cela ne changera rien.

7. Il n'a fait que son devoir.

8. Prenons la bonne décision, signons l'accord aujourd'hui.

9. Faites un effort : accordez-nous une réduction de 10 %.

## EXPRESSIONS ET PROVERBES

• Marketing is trying to sell goods or services by using particular packaging, advertising, pricing, promotion, distribution. The objective is to meet the customer's or client's needs and make a profit.

• Préférer **"marketing people"** à **"marketer"** ou **"marketeer"**.

• **Marketing mix = combination of the following activities to sell a product successfully.**

• **The four P's + 2 =**

> Product = what to sell
>
> Price = what price
>
> Place = where to be sold, how to be distributed
>
> Promotion = how to promote it
>
> + Packaging = how to present it
>
> + Physical evidence = how to show the existence of the company (website, logo, building...).

• **The 6 M factors used in marketing are : Merchandise, Motivation, Market, Media, Messages, Money.**

• **AIDA (key words to get the consumer's attention) = Attention / Interest / Desire / Action**

• **SWOT: Strengths / Weaknesses / Opportunities Threats** (points forts, points faibles, occasions, menaces)

Le **"SWOT"** sert à créer une stratégie marketing en analysant les points forts et faibles d'une société ou d'une marque.

• Pour traduire le mot « marque » :
– quand on parle de produits de consommation courante, il est le plus souvent traduit par **"brand"** (What brand of tea do you usually buy?)
– **"make"** sert à traduire « marque » quand on parle de produits industriels et appareils ménagers **(cars, computers, cameras, washing-machines, etc.)** (Toyota is a Japanese make.)
– mais **"registered trademark"** traduit « marque déposée » (Apple® is a registered trademark.)

☀: "Television is called a medium because it's never blue and rarely well done." (jeu de mots : quand on parle de la cuisson d'une viande de moins cuite à plus cuite on dit *blue*, *rare*, *medium*, et *well done* + medium = media – *well done* = bien fait)

☀: "Television is a medium where people with nothing to do watch people who can't do anything."

cut both ways: être à double tranchant.

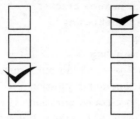

# MARKET SURVEY /
# MARKET ANALYSIS
### ÉTUDE, ANALYSE DE MARCHÉ

## VOCABULAIRE

étude de marché : **market survey / study**
effectuer une étude de marché : **carry out / conduct a market survey / study**
base de données : **database**
banque de données : **data bank**
enquête : **survey**
entretien : **interview**
questionnaire : **questionnaire**
panel de consommateurs : **consumer panel**
acheteur potentiel : **potential buyer**
indice d'écoute : **audience rating**
comportement du client : **customer / client behaviour**
comportement d'achat : **purchasing behaviour**
consommateur : **consumer**
goût : **taste**
mode de vie : **lifestyle**

tranche de revenu : **income bracket**
type d'habitat : **type of housing**
échantillon : **sample**
échantillonnage : **sampling**
remplir un questionnaire : **fill in / out a questionnaire**
question ouverte : **open-end question**
question fermée : **pre-coded question**
question à choix multiple : **multiple choice question**
taux de réponses : **response rate**
positionnement du produit : **product positionning**
sondage : **poll**
fiable, fiabilité : **reliable, reliability**
prévision : **forecasting**
rentabilité d'un produit : **profitability of a product**
créneau, niche : **market gap**
perspectives commerciales : **market prospects**
besoins du marché : **market demands**
motivations d'achat : **buying motives**

## SITUATIONS DE COMMUNICATION

Market research is knowing the demand for a particular product. (*L'étude de marché consiste à connaître la demande pour un produit spécifique.*)
It is getting information about people's tastes, lifestyles, behaviour, income brackets, ages, type of housings, etc. (*Il s'agit d'obtenir des informations sur les goûts, les modes de vie, les comportements, les tranches de revenus, les âges, les types de logement des gens, etc.*)
Before launching a product, you must conduct a market research. (*Avant de lancer un produit, il faut effectuer une étude de marché.*)
Market studies are used to know why people buy a product. (*Les études de marché servent à savoir pourquoi les gens achètent un produit.*)

Could you give us a consumer profile? *(Pouvez-vous nous donner un profil du consommateur ?)*

Who do you think this product would appeal to? *(À qui ce produit s'adresse-t-il ?)*

The target audience can be changing. *(La cible peut changer.)*

Samples are given to interviewees before being questionned.
*(On donne des échantillons aux interviewés avant de les ques-
tionner.)*

The consumer panel must be carefully selected for reliable
results. *(Le panel de consommateurs doit être correctement
choisi pour obtenir des résultats fiables.)*

Consumer awareness is how much consumers know about a
product. *(La perception du consommateur, c'est ce qu'il connaît
du produit – l'idée qu'il en a.)*

Children are an important market segment for sweets. *(Les
enfants constituent un segment de marché important pour les
bonbons.)*

## APPLICATION

*Liez le mot de gauche à sa définition à droite :*

1. market share            a. implantation
2. market positioning      b. croissance commerciale
3. market survey           c. économie de marché
4. market penetration      d. prévisions de marché
5. market forecasts        e. évaluation du marché
6. market demand           f. part de marché
7. market appraisal        g. leader du marché
8. market analysis         h. positionnement sur un marché
9. market growth           i. créneau commercial
10. market opportunity     j. étude de marché
11. market leader          k. besoins du marché
12. market economy         l. analyse de marché

## GRAMMAIRE
## "MAKE" *ou* "DO" ? (2)

| MAKE | DO |
|---|---|
| a cheque | the right thing |
| a difference | without *(se passer de)* |
| sure *(s'assurer)* | harm *(faire du mal)* |
| breakfast, lunch, dinner | the cooking |
| a mistake | well, badly *(faire bien, mal)* |
| do with *(faire avec)* | sthg for someone *(qqch pour qqn)* |
| a change | sthg over *(refaire)* |
| the bed | the dishes, the housework *(vaisselle, ménage)* |
| trouble, a scene *(des ennuis, des histoires)* | an invoice *(facture)* |
| a complaint *(se plaindre)* | |

## EXERCICE

*Traduisez les phrases suivantes :*
1. Peux-tu te passer de réunions hebdomadaires ?
2. Jane, assurez-vous que la réunion aura lieu à Milan !
3. Elle fit le ménage, la vaisselle, les lits et le dîner.
4. Ce directeur n'a pas le sens de l'humour, il faut faire avec.
5. Il a horreur de faire des histoires.
6. Désolé, vous devrez le refaire.
7. Pouvez-vous faire quelque chose pour mon neveu ?
8. Lundi ou mardi, cela ne fait pas de différence pour nous.

## EXPRESSIONS ET PROVERBES

• Le mot **"research"** (recherche) reste au singulier.
> Il fait des études sur ce sujet : He is carrying out research into this subject.

Il a le sens d'« études », donc au pluriel, on peut également utiliser **"studies"** ou **"surveys"** comme dans **"market surveys"**.

• Adjectifs : **market-driven, market-oriented**

> **a market-driven product:** produit conçu pour répondre aux besoins du marché
>
> **a market-oriented company.**

☼ "Doing business without advertising is like winking at a girl in the dark. You know what you are doing but nobody else does." (Stuart Henderson Britt) (*wink at*: faire un clin d'œil à).

> You can't have it both ways:
> Il faut choisir.

# CONSUMPTION
## CONSOMMATION

### VOCABULAIRE

consommation : **consumption** / consommateur : **consumer**
/ consommer : **consume**

société de consommation : **consumer society**

defense des consommateurs : **consumer protection**

droits des consommateurs : **consumers' rights**

prix à la consommation : **consumer price**

marchandises : **goods, merchandises**

consommation des ménages : **domestic consumption**

marque : **brand**

pouvoir d'achat : **purchasing power**

relancer l'économie : **boost the economy**

client : **customer**

fidéliser sa clientèle : **develop customers' loyalty**

acheter : **purchase, buy**

faire ses courses / les magasins : **to shop, go shopping**

faire du lèche-vitrines : **go window-shopping**

échantillon : **sample**

centre commercial : **mall** (US) / **shopping centre** (GB)

point de vente : **outlet**

commande : **order**

marchander : **bargain**

gaspiller : **waste**
article : **item, article**
vendeur(se) : **salesperson, salesman / saleswoman**
exposer : **display**
acheter comptant / à crédit : **buy cash / on credit**
réduction : **discount**
réduire les prix : **cut / reduce prices**
promotion : **special offer**
fait sur mesure : **custom made, tailor made**
marché, affaire : **deal**
fournisseur : **supplier**
plainte : **complaint**
défectueux : **faulty**
prix élevés / bas : **high / low prices**
remboursement : **refund**
service après-vente : **after sales service**
non comestible : **not fit for consumption**
compétition acharnée : **harsh competition**
compétition loyale / déloyale : **fair / unfair competition**
pénurie : **shortage**
marasme : **slump**
essor : **boom**

## SITUATIONS DE COMMUNICATION

Unfortunately, we live in a consumer society; unless we change
our habits, competition will get harsher. *(Nous vivons malheu-
reusement dans une société de consommation ; à moins que nos
habitudes ne changent, la concurrence deviendra plus rude.)*
We are having special sales this week; the only rule will be to
buy cash and no credit. *(Nous avons des offres spéciales cette
semaine ; la règle est d'acheter comptant sans crédit.)*
We are planning a business on a wholesale basis, retailers will
come to us. *(Nous organisons une affaire de gros ; les détaillants
viendront chez nous.)*

The alarm clock was faulty, they gave me a refund. *(Mon réveil était défectueux, j'ai été remboursé.)*

• *Quelques expressions avec "price" :*
price freeze: *blocage des prix*
price list: *tarifs*
price policy: *politique des prix*
price cut: *réduction de prix*
consumer price: *prix à la consommation*
attractive prices: *prix intéressants*
competitive prices: *prix compétitifs*
high / low prices: *prix élevés / bas*
knockdown prices, unbeatable prices: *prix imbattables, défiant toute concurrence*
*les prix baissent :* prices go down / fall / decrease / show a downward trend *(tendent à la baisse)*
*les prix augmentent :* prices rise / increase / go up / show an upward trend *(tendent à la hausse)*
*les prix montent en flèche :* prices are skyrocketting / soaring
*les prix se sont stabilisés :* prices bottomed out / stabilized

## APPLICATION

*Trouvez le synonyme des mots suivants :*

| | |
|---|---|
| 1. item | a. unbeatable prices |
| 2. purchase | b. go down |
| 3. merchandises | c. increase |
| 4. shopping centre | d. buy |
| 5. tailor-made | e. skyrocket |
| 6. rise | f. goods |
| 7. fall | g. article |
| 8. soar | h. mall |
| 9. knockdown prices | i. custom-made |

GRAMMAIRE

## LES PRONOMS RELATIFS

• **pronoms relatifs sujets :** **who** *(personne)*, **which** *(objet)*

> The customer who bought the scarf... *(Le client qui a acheté l'écharpe...)*
>
> The article which was in the shop window... *(L'article qui était dans la vitrine...)*

Who et which *peuvent être remplacés par* that

• **pronoms relatifs compléments :** **who(m)** *(personne)* (who *est moins formel que* whom), **which** *(objet)*

> The customer who(m) I served... *(La cliente que j'ai servie...)*
>
> The article which she chose... *(L'article qu'elle a choisi...)*

Who(m) et which *peuvent être omis :* The customer I served / the article she chose.

• **whose** *(dont)*

> This is the manager whose store is next to yours. *(Voici le directeur dont la boutique est à côté de la vôtre.)*

• **ce qui, ce que :**

what

> She knows what she wants. *(Elle sait ce qu'elle veut.)*
>
> What he gave me is too expensive. *(Ce qu'il m'a offert est trop cher.)*
>
> What surprised me... *(Ce qui m'a étonné[e]...)*

which *(pour résumer ce qui vient d'être dit)*

> She made a complaint, which was very unusual. *(Elle fit une réclamation, ce qui était très inhabituel.)*

• **that** *s'emploie après* all, everything *(tout ce que, ce qui)*, the only... that *(le, la seul[e]...que, qui)* *(pas* what *!)*

> Everything that is on the counter is very cheap. *(Tout ce qui est sur le comptoir est bon marché.)*
>
> All that clients say is right. *(Tout ce que disent les clients est juste.)*
>
> The only thing that counts is trust. *(La seule chose qui compte, c'est la confiance.)*

## EXERCICES

*Complétez ces phrases avec le bon pronom relatif* (who, which, omission, that) :
1. The supplier ...... I met last year is in town.
2. The shop ...... sells American clothes is over there.
3. The clients ...... you served yesterday came back.
4. She spent all her money, ...... shocked me.
5. Everything ...... she says is a lie.

*Traduisez ces phrases :*
1. Les articles dont les prix ont baissé...
2. Ce qu'il acheta étonna sa femme.
3. Tout ce qui est dans la vitrine est en solde.

## EXPRESSIONS ET PROVERBES

• **The customer is always right.** Le client a toujours raison.
**The customer is king.** Le client est roi.

A penny saved is a penny gained. Il n'y a pas de petites économies. / Les petits ruisseaux font les grandes rivières.
Take care of the pence and the pounds will take care of themselves. Il n'y a pas de petites économies.
Waste not, want not. Qui épargne gagne.
Everything has a price. On n'a rien sans rien.
Money makes the world go round. L'argent fait tourner le monde.
Money runs through his fingers like water. L'argent lui file entre les doigts.

that's worth thinking about:
cela demande réflexion.

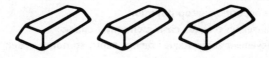

# FINANCE (1)
## BANKING - BANQUE

## VOCABULAIRE

agence : **branch**
directeur de banque : **bank manager**
employé de banque : **bank clerk**
guichet : **window**
coffre : **safe**
distributeur de billets : **cash dispenser** (GB) / **automatic
teller** (US)
chèque : **cheque** (GB) / **check** (US)
carnet de chèques : **cheque book** (GB) / **check book** (US)
chèque barré : **crossed cheque / check**
chèque encaissé : **collected cheque / check**
chèque en retard : **overdue cheque / check**
chèque au porteur : **bearer cheque / check**
chèque en blanc : **blank cheque / check**
chèque certifié : **marked cheque / check**
chèque sans provision : **rubber check** (US), **NSF (Non sufficient funds)** (US) / **bad cheque, dud cheque** (GB)

faire un chèque : **write a cheque / check**

libeller un chèque à l'ordre de : **make out a cheque to the order of**

faire opposition : **stop payment**

encaisser un chèque : **cash a cheque / check**

prélèvement automatique : **direct debit, standing order**

caisse d'épargne : **savings bank**

compte courant : **current / checking account**

compte bloqué : **escrow account**

compte créditeur / débiteur : **credit / debit account**

compte à découvert : **overdrawn account**

découvert : **overdraft**

compte approvisionné : **covered account**

compte soldé : **closed account**

déposer de l'argent : **deposit money**

tirer sur un compte : **draw on an account**

retirer : **withdraw**

retrait : **withdrawal**

arrêter un compte : **settle an account**

imputer : **charge**

créditer : **credit**

débiter : **debit**

avis d'opération : **notice of operation**

agios, frais bancaires : **agio, charges**

relevé de compte : **account statement**

solde de compte : **balance of account**

solde créditeur : **credit balance, balance in credit**

solde débiteur : **debit balance, balance in the red**

être solvable : **be solvent**

date de valeur : **value date**

prêt, emprunt : **loan**

accorder un prêt : **grant a loan**

contracter un emprunt : **take out a loan**

hypothèque : **mortgage**

emprunter à : **borrow from**

prêter à : **lend to**

traite, effet : **bill of exchange**
faire un virement : **make a transfer**

## SITUATIONS DE COMMUNICATION

The cheque is made out to your order. *(Le chèque est libellé à ton ordre.)*
I would like to open an account with you. *(J'aimerais ouvrir un compte chez vous.)*
You can cash a cheque / check at any of our branches. *(Vous pouvez encaisser un chèque dans n'importe laquelle de nos succursales.)*
I am angry, they gave us a dud cheque. *(Je suis énervé[e], ils nous ont donné un chèque en bois.)*
Ask for a marked cheque; you won't have any problems to cash it. *(Demande un chèque certifié, tu n'auras pas de problèmes pour l'encaisser.)*
I have spent too much this month; I am in the red. *(J'ai trop dépensé ce mois-ci ; je suis à découvert.)*
My income tax is paid by monthly standing orders; I can't forget it. *(Mes impôts sont payés par prélèvements mensuels, je ne peux pas les oublier.)*
It will take about two days to have the sum transferred to your account. *(Il faut compter environ deux jours pour faire virer la somme sur votre compte.)*

## APPLICATION

*Reliez le mot à sa définition :*

1. loan              a. container for keeping jewels and money
2. balance           b. money withdrawn from a bank account
3. overdraft         c. where you can get money by using a plastic card

| | |
|---|---|
| 4. safe | d. movement of money from one bank to another |
| 5. withdrawal | e. document telling a bank to pay someone money |
| 6. cash dispenser | f. money borrowed from the bank |
| 7. transfer | g. information provided by the bank about an account |
| 8. bill of exchange | h. money remaining after some has been spent |
| 9. statement | i. money you owe the bank after taking out more than you have in your account |

## GRAMMAIRE
## EXPRESSIONS AVEC "HAVE"

"Have" *n'est pas seulement un auxiliaire qui sert à former des temps* (present perfect: have visited; past perfect: had visited). *Il peut se traduire aussi par « prendre », « faire », etc. ; le plus souvent pour des verbes d'action.*
*Il s'utilise dans les expressions suivantes :*
have breakfast / lunch / dinner / a snack / a drink: *prendre le petit déjeuner / déjeuner / dîner / un en-cas / un verre*
have some tea / coffee: *prendre du thé / du café*
have a shower, have a bath: *prendre une douche, prendre un bain (les Américains préfèrent* "take")
have a lesson: *prendre un cours*
have a holiday: *prendre des vacances*
have a dream: *rêver*
have a walk, have a swim (US take): *se promener, se baigner*
have a good time / a good evening: *s'amuser, passer une bonne soirée*
have a party: *organiser une soirée*
have a rest: *se reposer*
have a nervous breakdown: *faire une dépression nerveuse*

have a cigarette: *fumer*
have a look at: *regarder, jeter un coup d'œil à*

## EXERCICE

*Traduisez les phrases suivantes :*

1. Après son licenciement, il a fait une dépression nerveuse.
2. Est-ce que tu as passé une bonne journée ?
3. Je vais juste prendre une salade.
4. Reprenez du poisson !
5. Nous avons pris le thé avec les Mallet.
6. Alice prend un cours de piano tous les jeudis.
7. Regardez ces documents !
8. A quelle heure dînez-vous ?

## EXPRESSIONS ET PROVERBES

• compte courant : **checking account** (US) / **cheque account, current account** (GB)
• **"credit card"** s'appelle familièrement **"plastic money"**.
• Un jour férié se dit **"bank holiday"**. Les banques et les commerces sont officiellement fermés.
• Alors qu'en France le chèque est en bois, en anglais, il est en caoutchouc : **rubber check** !
• On dit que l'argent n'a pas d'odeur, mais en anglais il a des couleurs : **be in the red** (être à découvert) / **be in the black** (être créditeur).
• **The greenback** (le billet vert) = **dollar** (**buck** en argot)
**A fiver (a five-pound note, a five-dollar-bill)** = billet de 5 livres / de 5 dollars. **A grand:** mille dollars.
• *Un peu d'argot :*
argent (fric, pèze, pognon) : **dough, bread, loot**
dollar: **buck**
Il est plein aux as. **He is loaded.**
Il est fauché. **He is broke.**

He's made of money. Il roule sur l'or.

As rich as Rockefeller, as rich as Croesus. Riche comme Crésus.

As poor as a church mouse. Pauvre comme Job.

Money is the root of all evils. L'argent est la racine de tous les maux.

Money makes money. L'argent va à l'argent.

Money talks. L'argent est roi.

Money doesn't grow on trees. L'argent ne tombe pas du ciel.

☀ What's the difference between a clear soda and a piggy bank? (*piggy bank*: tirelire)

☀ What tense would you be using if you say "I have money"? (*tense*: temps grammatical)

☀ "A bank is a financial institution where you can borrow money if you can present sufficient evidence to show that you don't need it."

☀ "There are two problems with money: to make it first and to make it last." (jeu de mots : "last" est l'opposé de "first", mais en tant que verbe comme ici, il signifie « durer ». First: le gagner, last: ne pas le dépenser trop vite).

👁 "Cash or charge" est certainement la question la plus posée dans les magasins aux Etats-Unis. Elle signifie : « Vous payez en espèces ou par carte de crédit ? »

> jump to conclusions: tirer des conclusions hâtives.

# FINANCE (2)
## ACCOUNTING - COMPTABILITÉ

### VOCABULAIRE

commissaire aux comptes : **auditor**
directeur financier : **Chief Financial Officer (CFO)**
chef comptable : **chief accountant**
expert-comptable : **chartered accountant** (GB) / **certified accountant** (US)
comptabilité : **accountancy** (GB) / **accounting** (US)
comptable : **book-keeper**
tenir les comptes : **keep the book**
vérifier les comptes : **check the accounts**
dépenses : **expenditure, spend**
chiffre d'affaires : **turnover, revenue**
frais : **costs, expenses**
frais généraux : **overheads, overhead expenses / costs**
frais d'exploitation : **operating expenses, costs**
trésorerie : **cash**
flux de trésorerie : **cashflow**
masse salariale : **compensation**
marge brute : **gross income** (US) / **gross margin**
seuil de rentabilité : **break-even point**

rentrer dans ses frais : **break even**

à court / long terme : **short / long term**

travail en cours : **work-in-progress**

bilan consolidé : **consolidated balance sheet**

solde créditeur : **credit balance**

solde débiteur **debit balance**

écriture : **entry**

venir à échéance : **fall due**

bilan : **balance sheet**

établir un bilan : **draw up a balance sheet**

actifs : **assets**

passif : **liabilities**

titres : **securities**

honoraires : **fees**

exercice financier : **financial year**

compte d'exploitation : **income statement, statement of Profit and Loss / P&L**

clientèle : **goodwill / client**

| ASSETS ( Actif) | LIABILITIES (Passif) |
|---|---|
| amortissement : **depreciation** | capital propre : **stockholders' equity** |
| biens : **property** | |
| stock : **inventories** | dettes à court terme : **current liabilities** |
| actifs immobilisés : **fixed assets** | |
| comptes clients : **accounts receivable, receivables** | dettes à long terme : **long-term liabilities** |
| actifs corporels : **tangible assets** | capital actions : **capital stock, share capital** (GB) |
| actifs / immobilisations incorporelles : **intangible assets, intangibles** | bénéfices reportés : **accumulated retained earnings / profits** |
| charges payées d'avance : **prepayment** | charges à payer : **expenses payable** |
| actif circulant : **current assets** | |

## SITUATIONS DE COMMUNICATION

Auditors audit companies' accounts. *(Les commissaires aux comptes auditent les comptes des sociétés.)*

Our company's good reputation is an intangible asset. *(La bonne réputation de notre société est un actif intangible.)*

The company's financial year runs from the 1st of May to the 30th of April. *(L'exercice financier de la société va du 1ᵉʳ mai au 30 avril.)*

We are planning to break even this year. *(Nous avons l'intention de rentrer dans nos frais cette année.)*

All the entries have been checked. *(Toutes les écritures ont été vérifiées.)*

The income statement shows a profit of X euros. *(Le compte d'exploitation montre un bénéfice de X euros.)*

The current liabilities include all debts which fall due within the coming year. *(Les dettes à court terme incluent toutes les dettes qui viennent à échéance dans l'année.)*

## APPLICATION

1. *Remettez les éléments suivants dans la bonne colonne :*
investments – cash – buildings – land – brands – inventories – goodwill – properties – shares – bonds (obligations)

| CURRENT ASSETS | FIXED ASSETS | INTANGIBLE ASSETS |
|---|---|---|
|  |  |  |

2 . *Rédigez le bilan en anglais :*

| BILAN CONSOLIDÉ | |
|---|---|
| **ACTIF** | **PASSIF** |
| Immobilisations incorporelles<br>Immobilisations corporelles<br>Immobilisations financières<br>Actif immobilisé :<br>   avances, acomptes sur<br>   commandes<br>   stocks en cours<br>  disponibilité<br><br>Actif circulant<br>Charges à répartir<br><br>Total de l'actif | Capital social<br>Capitaux propres<br>Autres fonds propres :<br>   provision pour risques<br>   provision pour charges<br>   provision pour risques et<br>   charges<br><br><br>Emprunts, dettes<br>Dettes et régularisations<br><br>Total du passif |

| CONSOLIDATED BALANCE SHEET | |
|---|---|
| | |
| | |

## GRAMMAIRE
## EXPRESSIONS AVEC "BE"

*Attention à la confusion suivante : certaines expressions se formant avec « avoir » en français se font avec "be" en anglais.*
be cold / hot / warm: *avoir froid / chaud*
be dark: *faire sombre* (it's dark: *il fait sombre*)
be fine (weather): *faire bon (temps)*
be sunny / windy / rainy: *avoir du soleil / du vent / de la pluie*
be right / wrong: *avoir raison / tort*
be hungry / thirsty: *avoir faim / soif*
be sleepy: *avoir sommeil*
be + long, high, deep, wide (mesure): *avoir (faire)... de long, de haut, de profondeur, de largeur (mesure)*
be + age: *avoir + âge*
be lucky: *avoir de la chance*

## EXERCICE

*Traduisez les phrases suivantes :*
1. Si tu as tellement sommeil, couche-toi tôt.
2. Notre nouveau bateau mesure 15 m de long.
3. Le directeur financier a souvent tort.
4. Il a de la chance de partir si souvent à l'étranger.
5. Il fait très froid dans notre bureau en hiver.
6. Est-ce que vous pouvez allumer la lumière, il fait sombre ici ?
7. Notre nouveau président n'a que 32 ans !

## EXPRESSIONS ET PROVERBES

• Le **"window dressing"** ou **"creative accounting"** consiste à faire paraître les comptes d'une société meilleurs qu'ils ne sont en réalité.
**cook the books:** falsifier les comptes

• **"assets"** signifie l'actif d'un bilan **(balance sheet)**. Il peut également signifier « atout, avantage » :
**Speaking a foreign language is a real asset nowadays.**
(Parler une langue étrangère est un réel atout de nos jours.)
• **"bottom line"**, littéralement « ligne du bas », est utilisé dans le sens de « résultat final » **(financial result)**. Par extension, au sens figuré, il signifie « l'essentiel » : **The bottom line is that...** (Le fond du problème, c'est que...)
• Quelques expressions avec le mot "book" :
**be in the good books:** être dans les petits papiers (I am in the good books of the Financial Director. Le directeur financier m'a à la bonne.)
**go by the books:** suivre la règle, appliquer le règlement

☼: "An economist is a man who figures out tomorrow why the things he predicted yesterday didn't happen today." (*figure out*: comprendre – *predict*: prédire)

☼: "Yesterday, I took a taxi to Bankrupcy court... Then I invited the driver as a creditor." (*bankrupcy*: faillite [ici, tribunal de commerce] – *creditor*: créancier)

> I get the picture: Je vois,
> j'y suis.

# FINANCE (3)
## THE STOCK EXCHANGE, CURRENCIES -
## LA BOURSE, LES DEVISES

■ VOCABULAIRE

<u>The Stock Exchange</u>
La Bourse (lieu, institution) : **the Stock Exchange**
action : **share, stock** (US)
titres : **stock**
portefeuille boursier : **portfolio**
émettre, vendre des actions pour la première fois : **float**
obligation : **bond**
cours, cotation, cote : **quotation**
coter un cours : **quote**
cours d'ouverture / de fermeture : **opening / closing price**
être coté en bourse : **be quoted** (GB) / **listed on the Stock
Exchange**
agent de change, courtier : **broker, dealer, trader**
boursicoter : **dabble in the Stock Exchange**
délit d'initié : **insider trading / dealing**
indice : **index, indexes / indices** (pluriel)

émettre, émission : **issue**
krack boursier : **crash**
haussier : **bull**
baissier : **bear**
valeur, titre : **security**
offre publique d'achat : **takeover bid**

Currencies
devise : **currency**
devise forte / faible : **strong / weak currency**
réévaluer : **revalue**
argent : **money**
monnaie (change) : **petite monnaie (small change)**
billets : **banknotes** (GB) **/ bills** (US)
pièces : **coins**
taux de change : **exchange rate**
politique monétaire : **monetary policy**

## SITUATIONS DE COMMUNICATION

The share is quoted at 120 dollars. *(L'action est cotée 120 dollars.)*
Coco&Co floated shares for the first time. Our shares have been issued and quoted on the Stock Exchange.
It is now a quoted company. *(C'est à présent un société cotée en Bourse.)*
His parents have invested their savings in securities. *(Ses parents ont investi leurs économies dans des valeurs.)*
A rally is shaping up. *(Une reprise boursière se dessine.)*
You should balance all your shares in your portfolio. *(Vous devriez équilibrer les actions de votre portefeuille.)*
I advise you to sell your stock now and to reinvest in Government securities. *(Je vous conseille de vendre vos titres maintenant et de réinvestir dans des titres d'Etat.)*
Currencies are also quoted. *(Les devises sont également cotées.)*
This multinational company is launching a takeover bid. *(Cette société multinationale lance une OPA.)*

### APPLICATION

*Complétez cette grille :*

| VERB | NOUN |
|------|------|
| invest | |
| quote | |
| analyse | |
| add | |
| connect | |
| explain | |
| know | |
| begin | |
| inform | |
| instruct | |
| grow | |
| require | |
| understand | |
| differ | |
| deliver | |
| produce | |
| satisfy | |
| vary | |
| complain | |
| manage | |
| sell | |
| lead | |

### GRAMMAIRE
**TRADUIRE « TOUT »**

• **every** *indique la fréquence d'une action, avec des expressions de temps :*

> I work every day. *(Je travaille tous les jours = chaque jour.)*

We meet every Monday morning. *(Nous nous réunissons tous les lundis matin.)*

He runs every evening. *(Il court tous les soirs.)*

There is a bus to London every ten minutes. *(Il y a un bus pour Londres toutes les dix minutes.)*

• **all** traduit « tout / toute » en général :

She went shopping all day. *(Elle a fait les magasins toute la journée.)*

He speaks English all the time. *(Il parle anglais tout le temps.)*

All I have seen is beautiuful. *(Tout ce que j'ai vu est beau.)*

• **whole** traduit l'idée de « tout entier / tout entière » :

the whole company *(la société tout entière)*

She spent the whole afternoon with us. *(Elle a passé l'après-midi tout entière avec nous.)*

They spent their whole life in the country. *(Ils ont passé toute leur vie à la campagne.)*

*Il est préférable d'utiliser* "whole" *et non* "all" *avec* "a" *ou* "an" :

I translated a whole page. (et non all a page) *(J'ai traduit toute une page.)*

He spent a whole day at the swimming pool. *(Il a passé toute une journée à la piscine.)*

## EXERCICE

*Complétez avec* "all", "every", "the whole" :

1. ..... we have seen is an old castle.
2. ..... town is decorated for Christmas.
3. She has read ..... the book.
4. The train runs ..... ten minutes.
5. ..... Saturday night we go to the bowling.
6. Susan spent ..... the money we gave her.

## ■ EXPRESSIONS ET PROVERBES

• **portfolio:** portefeuille d'actions *mais* **wallet:** portefeuille contenant papiers d'identité et argent

**tip** (tuyau, renseignement) à ne pas confondre avec **tip** (pourboire)

**Stock Exchange = stock market:** Bourse (en anglais également on dit **"the Paris Bourse"**)

On appelle **"blue chips"** les valeurs vedettes, celles qui sont les mieux cotées.

**bear** (littéralement : **"ours"**): baissier (qui vend un titre en pensant que les cours vont tomber)

**bull** (littéralement : **"taureau"**): haussier (qui achète une action en espérant qu'elle va prendre de la valeur)

**bullish = optimistic (prices are going up)**

**bearish = pessimistic (prices are going down)**

• Indexes **(indices)** : Paris **(CAC 40)**, New York **(the Dow Jones**, indice des valeurs industrielles) **(NASDAQ National Association of Securities Dealers Automated Quotations, indice de la nouvelle économie)**, Tokyo **(Nikkei)**, London **(FTSE Financial Times Stock Exchange, prononcé "footsie")**

**NYSE = New York Stock Exchange**

• Verbes indiquant le changement : ils s'utilisent pour les actions **(shares, stock)**, les prix **(prices)**, les ventes **(sales)**, les bénéfices **(profits)**, les taux d'interêts **(interest rates)**, etc.

| (augmenter, monter) | (diminuer, baisser) |
|---|---|
| **go up** | **go down** |
| **increase** | **decrease** |
| **rise** | **fall** |

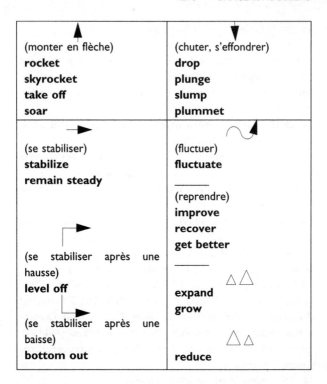

| (monter en flèche)<br>**rocket**<br>**skyrocket**<br>**take off**<br>**soar** | (chuter, s'effondrer)<br>**drop**<br>**plunge**<br>**slump**<br>**plummet** |
|---|---|
| (se stabiliser)<br>**stabilize**<br>**remain steady**<br><br><br><br>(se stabiliser après une hausse)<br>**level off**<br><br>(se stabiliser après une baisse)<br>**bottom out** | (fluctuer)<br>**fluctuate**<br>_____<br>(reprendre)<br>**improve**<br>**recover**<br>**get better**<br>_____<br><br>**expand**<br>**grow**<br><br>**reduce** |

• Bonne utilisation des prépositions :

**by** : **to increase, go up, rise, fall by 20%** (augmenter, baisser _de_)
     **Sales rose by 1 million.** (_Les ventes ont augmenté de
     1 million._)

**in**: **an increase, a fall in sales** (une augmentation, une baisse
des ventes)

     **There was a significant rise in sales.**

**of** : **an increase, a fall of 10%** (une augmentation, une baisse
de 10 %)

• Fonds monétaire international (FMI) : International Monetary
Fund (International organization helping world trade and countries that have financial problems).

☼ "Today's dollar goes as far as it ever did–just beyond reach."
(*beyond reach*: hors d'atteinte)

☼ "Money can't buy happiness but it helps you to be unhappy
in comfort."

> Take my word. Croyez-moi
> sur parole.

# ECONOMICS, TAXATION
## ÉCONOMIE, FISCALITÉ

VOCABULAIRE

Economics
économie (science) : **economics**
économie (en particulier) : **economy**
économique (lié à l'économie) : **economic**
économique (qui fait dépenser moins) : **economical**
économie de marché : **market economy**
tendance : **trend**
prévision : **forecast**
politique : **policy**
mettre en place une politique : **implement a policy**
conjoncture économique : **current economic trends / situation**
production économique : **economic output**
reprise / relance économique : **economic recovery**
libre entreprise : **free enterprise**
Produit national brut (PNB) : **Gross National Product (GNP)**
Produit intérieur brut (PIB) : **Gross Domestic Product (GDP)**

privatiser : **denationalize, privatize**
croissance : **growth**
taux de croissance : **growth rate**
ralentissement : **slack**
relancer : **boost**
création d'entreprises : **business formation**
politique de restriction : **belt-tightening policy**
marasme : **slump**
effondrement : **collapse**
l'offre et la demande : **supply and demand**
fusion : **merger**
rachat : **takeover**
mondial : **global, worldwide**

Taxation
fiscalité, imposition : **taxation**
fisc : **tax authorities / administration**
impôt, taxe : **tax**
impôt sur le revenu : **income tax**
impôt sur les sociétés : **corporate tax**
impôt foncier : **property tax**
contribuable : **taxpayer**
percepteur : **taxman, tax collector**
feuille de déclaration de revenu : **tax return**
remplir sa déclaration : **fill in**
tranche : **bracket**
réduction d'impôt : **tax-cut**
avantages fiscaux : **tax privileges**
abattement fiscal : **tax break / reduction**
déductible d'impôt : **tax-deductible**
exonéré d'impôt : **tax-free**
fraude fiscale : **tax evasion**
contrôle fiscal : **tax audit**
TVA : **Value Added Tax (VAT)**
prélever / percevoir des impôts : **levy taxes**

## SITUATIONS DE COMMUNICATION

Business is at a standstill / is booming / is slack. *(Les affaires sont au point mort / prospèrent / marchent au ralenti.)*

These measures will boost the economy. *(Ces mesures relanceront l'économie.)*

The economy is buoyant. *(L'économie est soutenue.)*

The outlook is gloomy. *(La perspective est sombre.)*

Workers are on strike, they demand tax-cuts. *(Les ouvriers sont en grève ; ils exigent des diminutions d'impôts.)*

How much tax do you pay? *(Combien d'impôts payez-vous ?)*

Business has slumped. *(Les affaires sont en baisse.)*

The yuppies earn a lot of money and spend it on expensive things. *(Les jeunes cadres gagnent beaucoup d'argent et le dépensent en produits onéreux.)*

Our company got a tax-break because we sponsored new equipment for the disabled. *(Notre société a bénéficié d'un abattement d'impôt car nous avons sponsorisé des équipements pour les handicapés.)*

As a self-employed / free-lancer, all my car expenses are tax-deductible. *(En tant qu'indépendant, tous mes frais automobiles sont déductibles d'impôts.)*

## APPLICATION

*Inscrivez la traduction de ces huit mots dans la grille. Trouvez le mot mystérieux en mettant dans le bon ordre les sept lettres placées dans les cases :*

*1. ralentissement – 2. fusion – 3. imposition – 4. croissance – 5. rachat – 6. taux – 7. impôt – 8. tranche – 9. relancer*

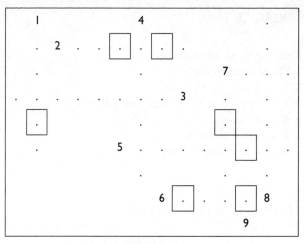

Mystery word: - - - - - - - Y

GRAMMAIRE
**TRADUIRE « NE... PLUS »**

• **no more** ou **not... any more** *pour exprimer une quantité que l'on n'a plus.*

> We have no more stamps. *(Nous n'avons plus de timbres.)(verbe affirmatif)* ou We don't have any more stamps. *(ici verbe négatif)*
>
> There is no more bread ou There isn't any more bread. *(Il n'y a plus de pain.)*

• **no longer** ou **not**... **any longer** ou **not**... **any more** *(moins formel) pour exprimer quelque chose que l'on ne fait plus :*

> She no longer smokes ou She doesn't smoke any longer / any more. *(Elle ne fume plus.)*

"no longer" *se place après* "be" *et avant le verbe :*

> They no longer work on Saturday.
>
> They are no longer interested in languages.

## EXERCICE

*Traduisez les phrases suivantes :*
1. Elle ne travaille plus ici.
2. Nous n'avons plus d'essence.
3. Il ne remplit plus sa déclaration d'impôt seul.
4. Je n'en veux plus.
5. Il ne voyage plus en train.
6. Ils n'achètent plus d'actions Coco&Co.

## EXPRESSIONS ET PROVERBES

### ADJECTIVES

| + | − |
|---|---|
| **expanding** (en expansion) | **flat** (morne) |
| **buoyant** (soutenu) | **sluggish** (stagnant) |
| **booming** (prospère) | **weak** (faible) |
| **thriving** (prospère) | **declining** (en baisse) |
| **brisk** (florissant) | **poor** (médiocre) |
| **growing** (en pleine croissance) | **slack** (au ralenti, relâché) |
| **unbeatable** (imbattable) | |
| **stable** | |
| **sound** (sain) | |

• **Gross National Product (GNP)** = the total value of goods and services produced by a country in a year: Produit national brut (PNB)
**Gross Domestic Product (GDP)** = the total value of goods and services produced by a country in a year, not including goods and services it produces abroad: Produit intérieur brut (PIB)

• **Tax authorities** (le fisc) : **IRS (Internal Revenue Service) (US)** et **IR (Inland Revenue)** (GB)

• **PAYE Pay As You Earn** (ou **"pay as you go"**): prélèvement automatique à la source

**tax haven** = paradis fiscal

**yuppies (Young Urban Professionals)**: jeunes cadres dynamiques

**DINKS (Double Income No Kids):** couple sans enfants avec un double revenu

☼: "A penny saved is a penny taxed." (reprise du proverbe "A penny saved is a penny gained." (Il n'y a pas de petites économies.)

☼: "A man owes it to himself to become successful. Once successful, he owes it to the IRS." (*owe*: devoir).

think twice: réfléchir
à deux fois.

# LEGAL MATTERS
## QUESTIONS JURIDIQUES

### VOCABULAIRE

avocat : **barrister** (GB) / **attorney** (US)
avocat d'affaires : **business lawyer**
action en justice : **legal action**
juridique : **legal**
service contentieux : **legal department**
loi : **law**
droit fiscal : **taxation law**
droit de douanes : **customs duties**
tribunal de commerce : **commercial court**
prud'hommes : **industrial tribunal**
statuts d'une société : **Articles of Association**
qui engage : **binding**
s'adresser à qui de droit : **apply to the proper authority**
poursuivre en justice : **sue**
conflit : **dispute**
cour d'appel : **court of appeal**
plainte : **complaint**
procès : **suit**

déposer une requête : **file**
accusation : **charge**
réclamer : **claim**
demande d'indemnité : **claim for compensation**
demande de dommages et intérêts : **claim for damages**
dommages et intérêts : **damages** (pluriel)
dommages subis : **damage** (singulier)
subir un préjudice : **suffer a wrong**
préjudice subi : **damages suffered**
séparation, rupture : **severance**
contrat commercial : **business / trade contract**
faute professionnelle : **professional misconduct**
en cas de litige : **in case of litigation**
responsabilité : **liability**
responsable : **liable**
exécutoire : **applicable**
recourir à : **resort to**
prescription : **limitation**
régler des litiges : **settle disputes**
protocole d'accord : **draft agreement**
rupture de contrat : **breach of contract**
résiliation d'un contrat : **termination**
caduc : **void, not operative**
amende : **fine**
supposé : **alleged**
sous peine de : **on pain of**
sous réserve de : **subject to**
administration judiciaire : **receivership**
violation de la loi : **violation of law**

<u>Malversations</u> **(Embezzlement)**
pot-de-vin : **bribery**
faux en écriture : **forging of documents / falsifying of accounts**
abus de pouvoir : **abuse of authority**
abus de confiance : **breach of trust**

abus de biens sociaux : **misuse of corporate funds**
contrefaçon : **counterfeit / forgery**
détournement de fonds : **embezzlement**
évasion fiscale : **tax avoidance / dodging**
fraude fiscale : **tax evasion / avoidance**
escroquerie : **swindle**
concurrence déloyale : **unfair competition**
délit d'initié : **insider trading**
contrebande : **smuggling**
diffamation (verbale) : **slander**

## SITUATIONS DE COMMUNICATION

The sales conditions will be laid down / stipulated / provided in our contract. *(Les conditions de vente seront stipulées dans notre contrat.)*
He broke / infringed the law. *(Il a enfreint la loi.)*
Peter might be fired because of professional misconduct. *(Peter pourrait être renvoyé pour faute professionnelle.)*
The contract provides that... *(Le contrat stipule que...)*
The contract has been renewed. *(Le contrat a été renouvelé.)*
The terms of the contract are binding. *(Nous sommes liés par les termes du contrat.)*
Tax evasion is a crime; tax avoidance is a way of reducing taxation. *(La fraude fiscale est un délit ; l'évasion fiscale est un moyen de réduire l'imposition.)*
I sued the company for damages. *(J'ai attaqué la société pour dommages et intérêts.)*
The managers have been arrested for embezzlement; they used the company money to buy houses and travel abroad.
I don't know what to do about the contract, I'll take legal advice *(je vais consulter un avocat).*
We have drawn up the draft agreement. *(Nous avons établi le protocole d'accord.)*

## APPLICATION

*Reliez le mot à sa définition :*

| | |
|---|---|
| 1. embezzlement | a. concerning the law |
| 2. legal action | b. bad behaviour at work |
| 3. damages | c. taking legal action to get money from someone or from a company |
| 4. dispute | d. using the law to defend your rights |
| 5. severance | e. disagreement between workers / employees and employers |
| 6. binding (adj.) | f. money ordered by the court to be paid to compensate somebody |
| 7. strike | g. employees or workers who refuse to work in protest |
| 8. to sue | h. using company money illegally for your own profit |
| 9. professional misconduct | i. ending of an employment contract |
| 10. legal (adj.) | j. that must be obeyed / done |

## GRAMMAIRE
## LE CAS POSSESSIF

*Le cas possessif s'utilise avec des personnes, des collectivités* (company, class) *et des groupes* (team).
• ***possesseur singulier + 's + possédé***
> The manager's office *(le bureau du directeur)*
• ***possesseur pluriel en s +' + possédé***
> The managers' office *(le bureau des directeurs)*
• ***possesseur pluriel sans s + 's + possédé***
> The children's room *(la chambre des enfants)*
*Attention à l'ordre des mots !*
• *Il est possible de ne pas répéter le possédé :*
> It isn't my diary; it's Sarah's. *(Ce n'est pas mon agenda ; c'est celui de Sarah.)*
• *Le cas possessif ne peut s'utiliser avec des objets. On dit :* "the top of the building".

- *Il s'utilise avec "today", "tomorrow", "tonight", "last year".*
  today's meeting *(la réunion d'aujourd'hui)*
  tomorrow's interview *(l'entretien de demain)*
- *On peut l'utiliser également avec une durée :*
  a week's delay *(un retard d'une semaine)*
  a ten minutes' walk *(une marche de dix minutes)*

## EXERCICE

*Traduisez ces phrases :*
1. le journal de demain
2. le travail de l'équipe
3. la politique de l'entreprise
4. l'assistante du président
5. la réunion d'hier
6. trois semaines de retard
7. l'ordinateur de Jason
8. le bureau de l'avocat
9. cinq minutes d'attente
10. le voyage de la semaine prochaine

## EXPRESSIONS ET PROVERBES

• **The American Bar Association** (US) = **the Law Society**
(l'Ordre des Avocats)

 **"Law"** signifie aussi bien la loi que le droit (**pass a law:** voter
une loi – **a law student:** étudiant en droit)

GB    **Solicitor:** notaire, avoué, avocat conseil

        **Barrister:** avocat (pénal, civil, qui plaide)

US    **lawyer, attorney, attorney in law:** avocat (prépare
        son dossier et plaide)

**Attorney General:** ministre de la Justice (US) / Procureur
général (GB)

**legal expert:** juriste

**go into the legal profession:** faire une carrière juridique

• **trial:** procès
**take someone on trial:** prendre quelqu'un à l'essai
**to be on trial:** être à l'essai
**trial run:** galop d'essai

Fortune favours the innocent. Aux innocents les mains pleines.
Less talk and more action. Plus d'actes et moins de paroles.
Nothing hurts but the truth. Il n'y a que la vérité qui blesse.
Might is right. La force prime le droit.

👁 "No win no fee": système utilisé aux Etats-Unis, où le client
ne paie les honoraires que si l'avocat gagne l'affaire, ce qui expli-
que le nombre si important d'affaires civiles où les demandes
de dommages et intérêts sont si élevées.

🔆 "Too many laws are passed and then bypassed." (*pass a law*:
voter une loi – *bypassed*: contourné)

🔆 "A man inquired about a lawyer's rates: – $ 50 for three ques-
tions. – Isn't that terribly expensive? – Yes, and what is your
third question?" (*rates*: ici tarifs)

🔆 What is the difference between the law and an ice cube?
(glaçon)

🔆 What is the difference between a crazy rabbit and a counterfeit dollar bill? (faux billet).

spill the beans: vendre
la mèche.

# ENVIRONMENTAL MATTERS
## QUESTIONS D'ENVIRONNEMENT

## VOCABULAIRE

écologiste : **environmentalist / ecologist**
défense de l'environnement : **environmental conservation**
militant : **activist**
Les Verts : **the Greens**
écologique : **ecological / environmental**
protection : **conservation**
faune / flore : **fauna / flora**
survie : **revival**
réserve naturelle : **nature preserve**
comportement : **behaviour**
usine de retraitement : **reprocessing plant**
recyclable : **recycled**
renouvelable : **renewable**
biologique : **organic**
sans plomb : **unleaded**

diminution de la couche d'ozone : **depletion of the ozone layer**

épuisement des ressources naturelles : **depletion of natural resources**

espèces en voie de disparition : **endangered species**

déboisement : **deforestation**

forêt tropicale : **rain forest**

effet de serre : **greenhouse effect**

marée noire / nappe de pétrole : **oil slick / oil spill**

gaz carbonique : **carbon dioxide**

oxyde de carbone : **carbon monoxide**

gaz d'échappement : **exhaust fumes**

fondre : **melt**

polluer : **pollute** / pollution : **pollution**

toxique : **poisonous**

sécheresse : **drought**

dégâts : **damage**

rompre l'équilibre de la nature : **upset nature's balance**

retombées : **fallout**

rétombées nucléaires : **nuclear fallout**

réchauffement de la terre : **global warming**

pluie acide : **acid rain**

déversement illégal en mer : **dumping at sea**

déchets : **waste**

faire le tri : **sort out**

ordures ménagères : **household waste**

ramasser le verre usagé : **collect used glass**

eaux usées : **sewage**

pénurie : **shortage**

contaminer : **contaminate**

déverser, jeter : **dump**

dangereux, risqué : **hazardous**

dénoncer : **denounce**

menacer : **threat**

sans danger pour l'écologie : **eco-friendly**

produit chimique : **chemical**

## ■ SITUATIONS DE COMMUNICATION

The government has implemented conservation measures. *(Le gouvernement a mis en place des mesures de protection.)*

We must throw our used glass in bottle banks. *(Nous devons jeter notre verre usagé dans des conteneurs pour verre.)*

We now all sort out our household waste. *(A présent, nous trions toutes nos ordures ménagères.)*

The use of unleaded gas is more and more common. *(L'utilisation d'essence sans plomb est de plus en plus courante.)*

Exhaust fumes damage the ozone layer. *(Les gaz d'échappement détériorent la couche d'ozone.)*

Environmentalists are worried about the depletion of natural resources. *(Les écologistes s'inquiètent de l'épuisement des ressources naturelles.)*

People are not aware that they pollute rivers when they dump rubbish. *(Les gens ne sont pas conscients qu'ils polluent les rivières quand ils jettent leurs ordures.)*

Environmentalists are in favour of using solar power. *(Les écologistes sont favorables à l'énergie solaire.)*

Organic farming can be an answer to chemical pollution. *(L'agriculture biologique peut être une réponse à la pollution par produits chimiques.)*

Eco-friendly means that it does not have a harmful effect *(effet nuisible)* on the environment.

## ■ APPLICATION

*Donnez la traduction française des mots suivants :*
1. nuclear fallout
2. global warming
3. organic
4. rain forest
5. waste

6. greenhouse effect
7. oil slick
8. to dump
9. an activist
10. deforestation
11. unleaded
12. revival
13. endangered species

## GRAMMAIRE
## LES VERBES À PARTICULES (2)

*Suite des verbes à particules les plus courants (voir Grammaire Unit 40) :*

go away: *partir*
go back: *retourner*
go on: *continuer*
grow up: *grandir*
hold on: *tenir bon*
hold out: *tendre*
hurry up: *se dépêcher*
keep away: *se tenir à l'écart*
lay off: *licencier*
leave out: *exclure*
look for: *chercher*
make up: *inventer, se maquiller*
pack up: *faire ses bagages*
pick up: *ramasser*
put away: *ranger*
put off: *reporter, retarder*
ring up: *téléphoner*
sort out: *trier, régler*
speak up: *parler fort*
take off: *retirer, décoller*
take up: *se mettre à*

turn down: *refuser*
turn on: *allumer*
turn off: *éteindre*
watch out: *faire attention*
write down: *noter par écrit*

## ▬▬▬ EXERCICE

*Ajoutez la bonne particule :*
1. Could you write it ..... and send it to the manager?
2. My proposal wasn't good enough: they turned it ......
3. Take ..... your jacket and take a seat.
4 For economic reasons, many workers have been laid ......
5. Go ..... ; don't stop now!
6. What are you looking .....? I can't find my glasses.
7. It's getting dark, turn ..... the light, please.
8. Sarah grew ..... in New York.
9. Hurry .....! We'll miss the train!
10. She was late so she made ..... an incredible story.

## ▬▬▬ EXPRESSIONS ET PROVERBES

• **to have green fingers:** avoir la main verte
**No Dumping:** Décharge Interdite
**catastrophe** (prononcé catastroFI): catastrophe

👁 **Rain check:** billet pouvant être réutilisé en cas d'annulation d'un spectacle. Le sens a été étendu à des rendez-vous que l'on remet : **"I take a rain check."**

• **build castles in the air:** construire des châteaux en Espagne
**it never rains but it pours:** quand ça va mal, ça va très mal
**it's raining cats and dogs:** il pleut des cordes
**break the ice:** briser la glace

**the sky's the limit:** tout est possible
**the wind of change:** le changement

Make hay while the sun is shining. Battre le fer tant qu'il est chaud.
Each cloud has a silver lining. Chaque chose a son bon côté.
The grass is always greener on the other side. L'herbe est toujours plus verte dans le pré du voisin.

☼: "America's number one energy crisis is Monday morning."

☼: "Many people will never be bothered by air pollution because they don't stop talking long enough to take a deep breath." (*be bothered*: être dérangé – *take a deep breath*: respirer à fond)

☼: "A true conservationist is a man who knows that the world is not given by his fathers but borrowed from his children." Audubon (*borrow from*: emprunter à)

☼ What has a soft bed but never sleeps, a big mouth but never speaks?

split hairs: couper les cheveux en quatre, chicaner.

# MEDIA (1)
## TELEVISION

▬▬▬ VOCABULAIRE

poste de télévision : **TV set**
allumer : **turn / switch on**
éteindre : **turn / switch off**
regarder la TV : **watch TV**
« drogué » de la télé : **TV addict**
baisser (le son) : **turn down**
télécommande : **remote control**
magnétoscope : **video cassette recorder (VCR)**
antenne : **TV aerial**
antenne parabolique : **satellite dish / dish aerial**
zapper : **surf / flick through the channels**
réseau : **network**
chaîne : **channel**
programme : **programme** (GB) / **program** (US)
nouvelles : **news**
annoncer / donner une nouvelle : **break the news**

titres : **headlines**
présentateur : **newsreader** (GB) / **newscaster, anchorman** (US)
animateur : **host**
correspondant : **correspondent**
à l'antenne : **on the air**
dépêche : **report**
déclaration : **statement**
débat : **talk show**
bulletin météo : **weather forecast / report**
événement : **event**
spot TV : **commercial**
téléspectateur : **TV viewer**
divertir : **entertain**
indice d'écoute : **audience ratings**

## SITUATIONS DE COMMUNICATION

• *Attention :* news + *verbe au singulier* (The news is very bad. *Les nouvelles sont très mauvaises). Au singulier, on dit :* "a piece of news " *(une nouvelle).*
• *Attention : information (renseignements) ne prend pas de « s ». Au singulier :* a piece of information.

> We need more information about these facts. *(Nous avons besoin de plus de renseignements sur ces faits.)*

What's on TV tonight? *(Qu'est-ce qu'il y a ce soir à la télé ?)*
Here is the news. *(Voici les informations.)*
TV is on. *(La télé est allumée.)*
We'll be back on the air. *(Nous reviendrons à l'antenne.)*
According to the latest reports... *(Selon les dernières dépêches...)*
Here are the headlines. *(Voici les grands titres.)*
Our correspondent reports on the situation in China. *(Notre correspondant fait le point sur la situation en Chine.)*

## APPLICATION

*Liez les mots de gauche à leur traduction à droite :*

| | | |
|---|---|---|
| 1. statement | a. divertir |
| 2. report | b. présentateur |
| 3. commercial | c. télécommande |
| 4. anchorman | d. magnétoscope |
| 5. network | e. téléspectateur |
| 6. channel | f. dépêche |
| 7. entertain | g. déclaration |
| 8. VCR | h. spot TV |
| 9. remote control | i. chaîne |
| 10. TV viewer | j. réseau |

## GRAMMAIRE
### TRADUCTION DE « ON » PAR LE PASSIF

*Le passif est beaucoup plus employé en anglais qu'en français.*
*Il sert à traduire « on ». C'est la personne qui subit l'action qui est mise en relief.*
*Pour former le passif :* **be + participe passé**

> *On me suit.* I am followed (I am being followed).
> *On lui a donné le livre.* He has been (was) given the book.
> *On parle anglais dans la société.* English is spoken in the company.
> *On servira le déjeuner à 13 heures.* Lunch will be served at 1:00.
> *On m'a dit la vérité.* I was told the truth.
> *On a envoyé le email.* The email has been sent.

*Attention à bien replacer la préposition :*

> *On m'écoute.* I am listened to.
> *On le regarde.* He's looked at.

## EXERCICE

*Traduisez les phrases suivantes :*
1. On a annoncé une bonne nouvelle.

2. On a nommé (appoint) un nouveau directeur.
3. On a rendu publique la dépêche.
4. On m'a invité à la conférence de presse.
5. On a vu une pub intéressante à la télé.
6. On a donné les résultats de l'élection.

## EXPRESSIONS ET PROVERBES

• **Have you heard the news?** Es-tu au courant ?
**What's the news?** Quoi de neuf ?
**I've got news for you.** J'ai du nouveau pour toi.
**Heard the latest?** Tu connais la dernière ?

**Curiosity killed the cat.** La curiosité est un vilain défaut.
**Seeing is believing.** Voir, c'est croire.
**There are two sides to every story.** Qui n'entend qu'une
cloche n'entend qu'un son.
**There's no smoke without fire.** Il n'y a pas de fumée sans feu.
**The truth is sometimes best left unsaid.** La vérité n'est
pas toujours bonne à dire.
**Walls have ears.** Les murs ont des oreilles.

👁 On appelle "couch potatoes" (« patates du canapé ») ceux
qui sont si mordus de télé qu'ils y passent des heures, voire
la journée, affalés à grignoter des cochonneries (junk food).

☀ What always speaks the truth but never says a word?

have a free hand: avoir carte
blanche.

# MEDIA (2)
## RADIO - THE PRESS

■ VOCABULAIRE

**Radio**
allumer / éteindre : **turn on / off**
baisser le son : **turn down**
diffuser : **broadcast**
présentateur / speaker : **newsreader**
bulletin d'information : **news bulletin**
flash d'information : **news flash**
auditeur, auditrice : **listener**
onde : **wave**
longueur d'onde : **wavelength**
à l'antenne : **on the air**
en direct de : **live from**
page de pub : **commercial break**

**The press**
journal : **newspaper**
tirage, diffusion : **circulation**
lecteurs : **readers**
quotidien : **daily**
les quotidiens : **the dailies**

hebdomadaire : **weekly**
mensuel : **monthly**
journal populaire à sensation : **tabloid**
faire paraître : **issue**
sortir : **come out**
imprimer : **print**
exemplaire, numéro : **issue**
abonnement : **subscription**
abonné : **subscriber**
kiosque : **newsstand**
vendeur de journaux : **newsvendor**
journal d'entreprise, bulletin : **newsletter**
couverture : **front page** (couverture médiatique : **media coverage**)
rédacteur : **editor**
pigiste : **freelance**
gros titres : **headlines**
titre de rubrique : **heading**
rubrique : **column, section**
rédaction : **editorial staff**
information : **news item**
censure : **censorship**
liberté d'expression : **freedom of speech**
faire la une : **hit the headlines**
révéler : **disclose**
enquêter : **investigate**
objectif, impartial : **objective, unbiased, impartial**
annonces : **small ads, classified ads**

## SITUATIONS DE COMMUNICATION

We'll be back on the air. *(Nous reviendrons à l'antenne.)*
Do you sell foreign newspapers? *(Est-ce que vous vendez des journaux étrangers ?)*
We read more magazines than dailies. *(Nous lisons plus de magazines que de journaux.)*

Turn down the radio, I can't work. *(Baisse la radio, je n'arrive pas à travailler.)*

I heard it ON the radio. *(Je l'ai entendu à la radio.)*

How many copies of this magazine were printed? *(Quel est le tirage de ce magazine ?)*

I subscribed to this daily. *(Je me suis abonné[e] à ce quotidien.)*

## APPLICATION

*Complétez ces phrases avec les mots suivants :* listeners – broadcast – correspondent – coverage – issue

1. This is a report from our Paris .......
2. This artist is given large media ......
3. This week's ...... will be printed in colour.
4. The tennis tournament will be...... on the air.
5. Our ...... often send us their comments.

## GRAMMAIRE
### LE DISCOURS INDIRECT *(Rapporter les paroles de quelqu'un)*

*On peut rapporter les paroles de quelqu'un en utilisant un verbe d'introduction :* say, tell, advise, suggest, think, want, order, offer, *etc. Le verbe d'amorce est au prétérit, les verbes subissent donc une transformation.*

*Observez les exemples suivants :*

| Discours direct | Discours indirect |
|---|---|
| *Présent* | *Prétérit* |
| I *like* my job. | He **said** (that) he *liked* his job. |
| *Présent continu* | *Prét. continu* |
| I *am working* hard. | He **said** he *was working* hard. |
| *Passé* | *Pluperfect* |
| I *met* Mr Elton. | He **said** he *had met* Mr Elton. |
| *Pres. perfect* | *Pluperfect* |
| We *have called* her. | They **said** they *had called* her. |
| *Futur* | *Conditional* |
| We'*ll sign* it. | They **said** they *would sign* it. |

*Pour rapporter des questions :*
• *avec un mot interrogatif, celui-ci est conservé. La phrase ne contient ni auxiliaire ni point d'interrogation. Ne pas oublier le changement de temps.*

| | |
|---|---|
| Where do you live? | He asked me where I lived. |
| How are you? | They wanted to know how I was. |
| When did they arrive? | They asked me when they had arrived. |

• *sans mot interrogatif, il faut utiliser "whether" (si oui ou non) ou "if" (si)*

| | |
|---|---|
| Do you know Jane? | She wanted to know if / whether I knew Jane. |
| Can you call Ben? | He asked me if / whether I could call Ben. |
| Are you the new receptionist? | They wanted to know if / whether I was the new receptionist. |

• *à l'impératif :*

| | |
|---|---|
| Repeat! | He asked me *to* repeat. |
| Don't repeat! | He asked me *not to* repeat. |

## EXERCICE

*Rapportez les paroles de ce directeur (utilisez les amorces) :*

1.    "Don't use the office phone for personal calls!"
      He told us .....
2.    "Call London immediately!"
      He ordered me .....
3.    "You are always late."
      He said .....
4.    "I will go away for two months."
      He said .....

5.     "Can you come at 6 tomorrow morning?"
         He wanted to know .....
6.     "Do you speak Chinese?"
         He asked me .....
7.     "What 's your name?"
         He asked me .....

## ■ EXPRESSIONS ET PROVERBES

No one is a prophet in his country. Nul n'est prophète en son pays.

There is none so deaf as those who will not hear. Il n'est pire sourd que celui qui ne veut pas entendre.

You can't make an omelette without breaking eggs. On ne peut pas faire une omelette sans casser des œufs.

Two heads are better than one. Deux têtes valent mieux qu'une.

Great minds think alike. Les grands esprits se rencontrent.

👁 La tradition du journal du dimanche aux Etats-Unis : chaque journal a son édition dominicale qui est très épaisse ; le *Sunday New York Times* peut peser jusqu'à 4 kg.

💡 What is too much for one, right for two but nothing at all for three?

💡 What is black and white and red all over?

call a spade a spade: appeler un chat un chat.

# COUNTRIES,
# NATIONALITIES
PAYS, NATIONALITÉS

VOCABULAIRE

| PAYS | ADJECTIF (langue) | UN HABITANT | LES HABITANTS |
|------|---------|-------------|---------------|
| Africa | African | an African | the Africans |
| America | American | an American | the Americans |
| Australia | Australian | an Australian | the Australians |
| Austria | Austrian | an Austrian | the Austrians |
| Belgium | Belgian | a Belgian | the Belgians |
| Brazil | Brazilian | a Brazilian | the Brazilians |
| Britain | British | a Briton* | the British |
| Canada | Canadian | a Canadian | the Canadians |
| China | Chinese | a Chinese | the Chinese |
| Czech Republic | Czech | a Czech | the Czech |
| Denmark | Danish | a Dane | the Danes |
| England | English | an Englishman | the English |
| Finland | Finish | a Finn | the Finns |
| France | French | a Frenchman | the French |
| Germany | German | a German | the Germans |

| | | | |
|---|---|---|---|
| Holland / the Netherlands | Dutch | a Dutchman | the Dutch |
| Ireland | Irish | an Irishman | the Irish |
| Israel | Israeli | an Israeli | the Israelis |
| Italy | Italian | an Italian | the Italians |
| Japan | Japanese | a Japanese | the Japanese |
| Kuwait | Kuwaiti | a Kuwaiti | the Kuwaiti |
| Lebanon | Lebanese | a Libanese | the Lebanese |
| Morocco | Moroccan | a Moroccan | the Morrocans |
| Norway | Norwegian | a Norwegian | the Norwegians |
| Poland | Polish | a Pole | the Poles |
| Portugal | Portuguese | a Portuguese | the Portuguese |
| Russia | Russian | a Russian | the Russians |
| Saudi Arabia | Saudi Arabian | a Saudi | the Saudis / Saudi Arabians |
| Scotland | Scottish | a Scot | the Scots |
| Spain | Spanish | a Spaniard | the Spaniards / Spanish |
| Sweden | Swedish | a Swede | the Swedes |
| Thailand | Thai | a Thai | the Thai |
| Tunisia | Tunisian | a Tunisian | the Tunisians |
| Wales | Welsh | a Welshman | the Welsh |

\***Briton** ne s'emploie que rarement.

• Pour parler des habitants du Royaume-Uni : **an Englishman, a Scot, a Welsh, an Irishman**.

• Attention : les adjectifs de nationalité prennent toujours une majuscule : **a Moroccan restaurant.**

## SITUATIONS DE COMMUNICATION

China and Japan are part of the Far East. *(Extrême-Orient)*
Near East *(Proche-Orient)* Middle East *(Moyen-Orient)*
The Third World *(tiers-monde)* are the developing countries *(pays en voie de développement)* in Asia, Africa and South America.
Mary crosses the border *(frontière)* once a week to visit her boyfriend in Belgium.

The Industrialized Countries *(pays industrialisés)*.

Lloyd is an American citizen. *(citoyen)*

He lives in the state *(État)* of California.

He has a foreign accent *(accent étranger)* when he speaks French.

Some foreigners *(étrangers)* are not allowed into the United States without a visa.

EEC = European Economic Community (CEE): The European countries which signed the Maastricht treaty in 1993 to form a union whose aim is to encourage closer political and economic cooperation.

UNO = United Nations Organisation (or United Nations): its aim is to encourage peaceful relations between countries to avoid wars.

## APPLICATION

*Complétez ce tableau :*

| Country | Adjective | People |
|---|---|---|
| The Netherlands | | |
| | Scottish | |
| | | The Chinese |
| France | | |
| | British | |
| | | The Danes |
| Ireland | | |
| | Finish | |
| | | The Spaniards |

## GRAMMAIRE
## EMPLOI DE "A", "AN" *(un, une)*

"A", "an" *s'emploient*

• **devant des noms singuliers :**

"a" *devant les mots commençant par une consonne :* **a** country.

"an" *devant les mots commençant par une voyelle :* **an** American city.

*mais* a uniform, a European country (*son* [ju])

*Trois exceptions : on dit* an hour, an heir *(héritier)*, an honest manager *(car le h n'est pas expiré).*

• **devant les noms de métiers :**

    Paul is **a** Sales Manager.

• **devant les prépositions :**

    It's cold, don't go out without **a** coat.

    As **a** *(en tant que)* teacher, I must correct the mistakes.

• **devant les expressions de temps / de vitesse :**

    He goes to London once **a** week.

    She never drives over 60 miles **an** hour.

• *Quelques expressions utilisant l'article indéfini :* make a noise *(faire du bruit)* – be in a hurry *(être pressé)* – have a headache *(avoir mal à la tête)* – all of a sudden *(soudain)* – have a sense of humour *(avoir le sens de l'humour).*

## EXERCICE

*Traduisez les phrases suivantes :*

1. Ne venez pas sans rendez-vous.
2. En tant que père je dois le soutenir. (support)
3. Nous nous rencontrons trois fois par semaine.
4. M. Prince est directeur de projet.
5. Il conduisait à 130 km à l'heure.
6. Je dois rentrer, j'ai mal à la tête.
7. Si tu es si pressée, tu ferais mieux de prendre un taxi.

## EXPRESSIONS ET PROVERBES

• **Attention** au mot **"people"** :

**People** + verbe au pluriel : les gens

    **People are nice in this company.** (Les gens sont gentils dans cette société.)

**People** au pluriel : peuples
    **The peoples of this continent.**
• **Jason is very down to earth.** Jason est très terre à terre.
**He moved heaven and earth to find her.** Il a remué ciel
et terre pour la trouver.
**It's a small world.** Le monde est petit.
**They promised me the earth.** Ils m'ont promis la lune.
**It's heaven on earth.** C'est le paradis sur terre.
**It's not the end of the world.** Ce n'est pas la fin du monde.
**World Wide Web** = www (le Web) (**web** : toile d'araignée)
**country of refuge:** terre d'asile
**country of exile:** terre d'exil
**What on earth...! / How on earth...!** (Que diable... !!)
**Where on earth did you put my jacket?** Où diable as-tu
mis ma veste ?
**We don't move in the same circles.** On n'est pas du même
monde.
**a world-famous writer = a writer known all over the
world** (mondialement connu)

An Englishman's home is his castle. Charbonnier est maître
chez lui.
It takes all kinds to make a world. Il faut de tout pour faire un
monde.

☼ "Judging from the general behaviour we see in this world,
hell must be experiencing a population explosion." (*behaviour*:
comportement ; *hell*: enfer).

get under way: démarrer,
commencer à se réaliser.

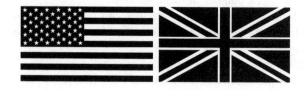

# AMERICAN AND BRITISH ENGLISH

| GB | US | Français |
|----|----|----|
| articles of association | by-laws | statuts |
| autumn | fall | automne |
| banknote | bill | billet de banque |
| bank holiday | public holiday | Jour férié |
| bill | check | addition / facture |
| booking | reservation | réservation |
| cab | taxi | taxi |
| car | automobile | voiture |
| car park | parking lot | parking |
| cash dispenser | automatic teller | distributeur de billets |
| centre | center | centre |
| chartered accountant | registered accountant | expert-comptable |
| chemist | pharmacist | pharmacien |
| chips | French fries | frites |
| christian name | first name | prénom |

| GB | US | Français |
|----|-----|----------|
| cinema | movie house | salle de cinéma |
| city centre | downtown | centre-ville |
| cupboard | closet | placard |
| film | movie | film |
| flat | apartment | appartement |
| full stop | period | point |
| gross margin | gross income | marge brute |
| ground floor | first floor | rez-de-chaussée |
| holiday | vacation | vacances |
| ill | sick | malade |
| fortnight | 2 weeks | quinzaine, 2 semaines |
| letter-box | mail-box | boîte aux lettres |
| lift | elevator | ascenseur |
| lorry | truck | camion |
| luggage | baggage | bagages |
| main course | entree | plat principal |
| make someone redundant | lay someone off | licencier quelqu'un |
| manager | director | ditecteur |
| managing director | chief executive officer | directeur général, P.-D.G. |
| manpower | labor | main-d'œuvre |
| mobile phone | cell phone | portable |
| motorway | highway | autoroute |
| pavement | sidewalk | trottoir |
| petrol | gas | essence |
| phone box | payphone | cabine téléphonique |
| postal code | zip code | code postal |
| public limited company | incorporated | société anonyme |
| queue | line | queue |

| GB | US | Français |
|---|---|---|
| reference | testimonial | référence |
| return ticket | round trip ticket | billet aller retour |
| rubber | eraser | gomme |
| second hand | used | usagé / d'occasion |
| shareholder | stockholder | actionnaire |
| shop | store | magasin |
| shopping centre | mall | centre commercial |
| single ticket | one way ticket | billet aller simple |
| starter | appetizer | entrée |
| surname | last name | nom de famille |
| timetable | schedule | horaire |
| training period | internship | stage |
| trainee | intern | stagiaire |
| underground / tube | subway | métro |

## EXPRESSIONS ET PROVERBES

• Learn a new language and get a new soul. (Proverbe tchèque)
A different language is a different vision of life. (Federico Fellini)

☼ Deux opinions bien différentes exprimées par deux hommes de talent et d'esprit :
"We have really everything in common with America nowadays except of course, language." (Oscar Wilde)

"England and America are two countries separated by the same language." (George Bernard Shaw)

the ball is in his court :
la balle est dans son camp

# BUSINESS IDIOMS
# AND FALSE FRIENDS
## EXPRESSIONS IDIOMATIQUES
## ET FAUX AMIS

Voici quelques expressions idiomatiques anglaises ou améri-
caines le plus souvent employées en affaires. Elles vous permettront de mieux comprendre vos interlocuteurs anglo-saxons,
friands d'expressions imagées, et elles vous permettront également d'enrichir vos présentations.
(Ces expressions apparaissent en bas de page de chaque unité.)

**a bone of contention:** une pomme de discorde
**add fuel to the fire:** jeter de l'huile sur le feu
**another kettle of fish:** une autre paire de manches
**be at a loss for words:** ne pas trouver ses mots
**be at one's wits for words:** ne pas savoir à quel saint se
vouer
**be out of the picture:** histoire ancienne
**beat about the bush:** tourner autour du pot
**bite the bullet:** avaler la pilule
**break even:** rentrer dans ses frais

**by word of mouth:** oralement, de bouche à oreille

**call a spade a spade:** appeler un chat un chat

**call it a day:** on s'en tient là pour aujourd'hui

**catch 22 situation:** situation sans issue

**clear the air:** détendre l'atmosphère

**clear as crystal:** clair comme de l'eau de roche

**cut both ways:** être à double tranchant

**far-fetched:** tiré par les cheveux

**first things first:** chaque chose en son temps, les choses importantes d'abord

**food for thoughts:** matière à réflexion

**get down to business:** passer aux choses sérieuses

**I get the picture:** je vois, j'y suis

**get under way:** démarrer, commencer à se réaliser

**have a finger in every pie:** être mêlé à tout, avoir des intérêts un peu partout

**have a free hand:** avoir carte blanche

**have more than one trick up his sleeve:** avoir plus d'un tour dans son sac

**have other fish to fry:** avoir d'autres chats à fouetter

**I take your point:** je vous l'accorde

**It will serve him right:** ça lui apprendra

**It's no picnic:** ce n'est pas une partie de plaisir

**It's up to you:** à vous de décider

**jump to conclusions:** tirer des conclusions hâtives

**know the ropes:** connaître les ficelles du métier

**let the cat out of the bag:** vendre la mèche

**move with the times:** vivre avec son temps

**no hard feelings:** sans rancune

**off the record:** officieusement, entre nous

**on second thoughts:** réflexion faite

**out of the blue:** sans prévenir, de manière inattendue

**point blank:** à brûle-pourpoint

**proud as a peacock:** fier comme un paon

**put someone on the carpet:** mettre quelqu'un sur la sellette

**put the ball in someone's court:** renvoyer la balle

**put the cart before the horse:** mettre la charrue avant les bœufs

**simple as ABC:** simple comme bonjour

**sit on the fence:** ménager la chèvre et le chou

**small talk:** papotage, conversation facile

**speak one's mind:** dire ce que l'on pense

**speak without beating about the bush:** ne pas y aller par quatre chemins

**spill the beans:** vendre la mèche

**split hairs:** couper les cheveux en quatre, chicaner

**Take my word!:** Croyez-moi sur parole

**take the floor:** prendre la parole

**That's worth thinking about:** Cela demande réflexion

**The ball is in his court:** La balle est dans son camp

**the ins and outs of...:** les tenants et les aboutissants

**think twice:** réfléchir à deux fois

**to have a say:** avoir son mot à dire

**trick of the trade:** ficelle du métier

**throw in the towel:** jeter l'éponge

**worm secrets out of somebody:** tirer les vers du nez à quelqu'un

**You can't have it both ways:** il faut choisir.

☀: A nice joke on: "to put the cart before the horse" (mettre la charrue avant les bœufs) :

"A philosopher got married, but his wife threatened to leave him because he worked constantly on his book about famous French philosophers and ignored her. Finally she did leave him. Apparently, this was because he put Descartes before divorce."
(*threaten*: menacer)

## FALSE FRIENDS

Ces mots anglais sont traîtres. Ils ressemblent à des mots français mais n'ont pas le même sens. Soyez vigilants !

| | |
|---|---|
| **achieve** | réaliser / réussir |
| **accommodate** | héberger |
| **actual** | réel / véritable |
| **actually** | en fait |
| **advice** | conseils |
| **affluent** | riche |
| **anxious** | désireux |
| **argument** | querelle / discussion |
| **attend** | assister |
| **audience** | le public |
| **chance** | occasion |
| **character** | personnage |
| **claim** | prétendre |
| **commercial** | spot publicitaire |
| **comprehensive** | complet |
| **consider** | envisager |
| **currently** | actuellement |
| **customs** | douanes |
| **delay** | retard |
| **demand** | exiger |
| **editor** | rédacteur (d'un journal) |
| **educated** | cultivé / instruit |
| **eventually** | à la fin |
| **journey** | voyage |
| **licence** | permis |

| | |
|---|---|
| **nervous** | inquiet |
| **part** | rôle |
| **phrase** | expression |
| **position** | poste / situation |
| **pretend** | faire semblant |
| **proper** | convenable |
| **purchase** | acheter |
| **resign** | démissionner |
| **rude** | grossier |
| **sensible** | sensé |
| **sentence** | phrase |
| **sympathetic** | compatissant |
| **sympathy** | compassion |
| **sensitive** | sensible |

# COMMON MISTAKES
## ERREURS FRÉQUENTES

Méfiez-vous de ces mots qui prêtent à confusion :

**each / every**
> each day *(chaque jour)*
> every day *(tous les jours)*

**as / like**
As: *comme, en tant que (+ verbe ou préposition)*
> as you like *(comme vous voulez)*
> as in summer *(comme en été)*
Like: *comme, à la manière de (+ nom)*
> like her friend *(comme son amie)*

**say / tell**
> say something to somebody
> Say something to your manager. *(Dis quelque chose à ton directeur.)*
> tell somebody something
> Tell her your name. *(Dis-lui ton nom.)*

**hard / hardly**
hard *(dur / durement): adjectif ou adverbe*

a hard job *(un travail difficile)*

He works hard. *(Il travaille dur.)*

hardly: *à peine*

She can hardly speak. *(Elle peut à peine parler.)*

**still / not yet / again**

still: *encore / toujours*

She is still in the office. *(Elle est encore au bureau.)*

Are you still living in NY? *(Tu habites toujours à NY ?)*

not... yet: *pas encore*

He isn't here yet. *(Il n'est pas encore là.)*

again: *encore, à nouveau*

It's raining again. *(Il pleut encore / à nouveau.)*

**wait / expect**

wait for somebody or something: *attendre quelqu'un ou quelque chose (temps)*

I am waiting for the train. *(J'attends le train.)*

expect somebody or something: *s'attendre à quelque chose, à ce que quelqu'un fasse quelque chose (intention)*

I expect them to come to the meeting *(J'attends / j'espère qu'ils viendront à la réunion.)*

**during / for**

during: *pendant (le moment)*

during the holidays *(pendant les vacances)*

for: *pendant (la durée)*

He slept for ten hours. *(Il a dormi pendant dix heures.)*

**forget / leave**

forget: *oublier quand le lieu n'est pas précisé.*

He has forgotten the documents. *(Il a oublié les documents.)*

leave: *oublier (laisser) quand le lieu est précisé.*

He has left the documents at the airport. *(Il a oublié les documents à l'aéroport.)*

**(have) been / (have) gone**

I've been: *je suis allée, je suis revenue*

I've been to Madrid. *(Je suis allée à Madrid.)*

I've gone: *je suis allée, j'y suis encore.*

He's gone to Montreal. *(Il est allé à Montréal.)*

**listen / hear**

listen: *écouter*

> She never listens to the radio. *(Elle n'écoute jamais la radio.)*

hear: *entendre*

> Can you hear this voice? *(Est-ce que tu entends cette voix ?)*

**house / home**

house: *maison, bâtiment*

> We live in a big house. *(Nous habitons dans une grande maison.)*

home: *maison, foyer, chez-soi.*

> He isn't at home. *(Il n'est pas à la maison.)*

**miss / lack**

miss: *manquer ; regretter, se languir de.*

> I miss my friend. *(Mon amie me manque.)*

lack: *manquer ; ne pas avoir.*

> He lacks patience. *(Il manque de patience.)*

**let / leave**

let: *laisser, permettre*

> Let her take your car. *(Laisse-la prendre ta voiture.)*

leave: *laisser, quitter, déposer.*

> Leave us the contract. *(Laisse-nous le contrat.)*
>
> She left him. *(Elle l'a quitté.)*

**politics / policy**

politics: *la politique en général*

> I am not interested in politics. *(Je ne m'intéresse pas à la politique.)*

policy: *ligne de conduite, règle de comportement*

> It is the policy of our company to hire foreign people. *(C'est la politique de notre société d'embaucher des étrangers.)*

**remember / remind**

remember: *se rappeler, se souvenir de*

> I don't remember the address. *(Je ne me souviens pas de l'adresse.)*

remind: *rappeler quelque chose à quelqu'un.* (remind sby of sthg ou remind sby to do sthg)

> He reminds me of my teacher. *(Il me rappelle mon professeur.)*
>
> Remind me to post the letter. *(Rappelle-moi de poster la lettre.)*

## rob / steal

rob: *voler quelqu'un ou cambrioler un lieu*

> They robbed a bank last year. *(Ils ont cambriolé une banque l'année dernière.)*

steal: *voler quelque chose*

> He stole my laptop. *(Il a volé mon ordinateur portable.)*

## sensible / sentitive

sensitive: *sensible (émotionnellement)*

> She can't watch horror films; she's too sensitive. *(Elle ne peut pas regarder des films d'horreur ; elle est trop sensible.)*

sensible: *sensé / raisonnable*

> She'll tell you what to do; she's a sensible person. *(Elle te dira quoi faire ; c'est une personne sensée.)*

## small / little

small: *taille (objectif)*

> My office is too small. *(Mon bureau est trop petit.)*

little: *petit ; nuance d'affection (subjectif)*

> my little cousin *(mon petit cousin)*

## trip / travel / journey

trip: *voyage court incluant un séjour*

> We'll make a trip to Asia. *(Nous ferons un voyage en Asie.)*

travel: *les voyages en général (pas d'article)*

> cheap travels *(les voyages bon marché)*

journey: *voyage (transport)*

> The journey from New York to Montreal was too long. *(Le voyage de New York à Montréal était trop long.)*

## work / job

work: *le travail en général*

Work is interesting here. *(Le travail est intéressant ici.)*

job: *un travail, emploi*

He lost his job. *(Il a perdu son travail.)*

**experience / experiment**

experience: *expérience vécue*

Working in London was a great experience. *(Travailler à Londres fut une super expérience.)*

experiment: *expérience scientifique*

This company doesn't carry out experiment on animals. *(Cette société ne mène pas d'expériences sur des animaux.)*

**learn / teach**

learn: *apprendre, étudier*

I 'll learn my vocabulary. *(J'apprendrai mon vocabulaire.)*

teach: *apprendre, enseigner*

I teach them English. *(Je leur enseigne l'anglais.)*

**salary / wage**

salary: *salaire mensuel ou annuel*

She has a good salary. *(Elle a un bon salaire.)*

wage: *salaire journalier ou hebdomadaire*

We'll give you two-days' wages. *(Nous vous donnerons deux jours de salaire.)*

**win / earn**

win: *gagner, acquérir par le hasard*

He won at the lottery. *(Il a gagné au Loto.)*

earn: *gagner de l'argent, acquérir par le travail*

He earns a good living. *(Il gagne bien sa vie.)*

**personal / personnel**

personal: *personnel, privé, particulier*

This is a personal call. *(C'est un appel privé / personnel.)*

personnel = staff = employees

Heny is the Personnel Director. *(Henry est le directeur du personnel.)*

**assurance / insurance**

assurance: *garantie, confiance en soi*

His self-assurance is big. *(Il a une grande confiance en lui-même.)*

insurance: *assurance, contrat*

I have a new insurance contract. *(J'ai une nouvelle police d'assurance.)*

**advertisement / advertising**

advertisement (advert, ad) : *publicité, annonces*

Place an ad(vertisement) in the newspaper. *(Mets une annonce dans le journal.)*

advertising: *publicité, méthode, profession*

advertising campaign *(campagne de publicité)*

☼ "Have you ever noticed that the smaller the idea, the bigger the words used to express it?"

☼ "If you add five new words a month to your vocabulary, in a year your friends will wonder just who you think you are." *(wonder: se demander).*

be at a loss for words:
ne pas trouver ses mots.

# Corrigés des exercices

**Unit 1**

*Application*

Form, free, welcome, check, appointment, waiting room, business card, show in, sign, lift, escalator, visitor.

```
        F   O   R   M
        F   R   E   E
    W   E   L   C   O   M   E
        C   H   E   C   K
        A   P   P   O   I   N   T   M   E   N   T
    W   A   I   T   I   N   G   R   O   O   M
    B   U   S   I   N   E   S   S   C   A   R   D
        S   H   O   W   I   N
    S   I   G   N
            L   I   F   T
        D   E   S   K
V   I   S   I   T   O   R
```

*Grammaire*

1. Would you like me to show you the way?
2. I would like him to check the address.
3. Helen wanted us to meet the new client.
4. Would you like her to call you back?
5. I want them to wait for me outside!

## Unit 2

*Application*

– I have an appointment with Mrs Novel.
– She'll be with you in a minute.
– Can I get you something to drink?
– Yes, please.
– Welcome to Paris!
– Pleased to meet you!
– Did you find us easily?
– How are you?
– I'm fine, thanks.
– Did you have a nice trip?
– Thank you for coming.

*Grammaire*

1. Who, 2. When, 3. Who, 4. What, 5. What... for, 6. Where, 7. What time, 8. Which, 9. What... like.

## Unit 3

*Application*

*Arrivée :*

Have you been waiting long?
When did you get to Paris?
How long are you staying?
I've been looking forward to meeting you.

*Départ :*

Take care!
Let's keep in touch!
Have a nice trip back!

*Grammaire*

1. How long, 2. How, 3. How, 4. How far, 5. How often, 6. How much, 7. How.

## Unit 4
*Application*

| E | D | E | G | N | A | R | R | A | C |
|---|---|---|---|---|---|---|---|---|---|
| A | E | I | N | W | Y | S | U | B | O |
| R | S | C | H | E | D | U | L | E | N |
| L | K | F | R | M | A | K | E | D | V |
| Y | C | R | T | I | G | H | T | A | E |
| I | E | E | B | H | L | H | E | T | N |
| T | H | E | F | I | X | C | T | E | I |
| Z | C | D | I | A | R | Y | A | K | E |
| C | O | N | F | I | R | M | L | J | N |
| P | S | U | I | T | A | B | L | E | T |

*Grammaire*

1. stay, 2. were, 3. had known, 4. would have been, 5. would change.

## Unit 5

*Application*

1. I can't make the meeting.
2. I'll have to postpone (push back) the meeting.
3. I'm afraid I won't be able to keep my appointment with Stuart.
4. Mrs Waknin will be late.

*Grammaire*

1. I could understand what she was saying.
2. He will be able to catch the train.
3. I had to buy a new mobile phone.
4. They will have to get an international driving licence.

## Unit 6

*Application*

1. unreliable, 2. untrustworthy, 3. dishonest, 4. untidy, 5. disorganized, 6. impatient, 7. irresponsible, 8. inefficient, 9. inexperienced.

*Grammaire*

1. You'd better confirm the appointment.
2. He should speak louder / up.
3. Why don't you send them our new catalogue?
4. I'd better hurry up.
5. Why don't you show them round our premises?

## Unit 7

*Application*

1. highlighter, 2. stapler, 3. felt pen, 4. sharpener, 5. computer,
6. envelopes, 7. printer, 8. rack.

*Grammaire*

1. Our office is situated / located near Kensington Park.
2. Where is Colombia?
3. I've already worked in the Middle East.
4. Jeremy speaks German and Chinese.
5. We receive our clients on Tuesday.
6. Business trips are time-consuming.
7. We must face pollution and unemployment.

## Unit 8

*Application*

1. h, 2. a, 3. g, 4. e, 5. d, 6. c, 7. i, 8. j, 9. k, 10. f, 11. b.

*Grammaire*

1. We met during the conference.
2. The chairman / President spoke for 2 hours.
3. Don't speak while I am doing this exercise.
4. Samantha (has) visited our new offices during her stay.
5. Peter has lived in London for many years.
6. While I think of it, call Mr Macé.

## Unit 9

*Application*

1. hits, 2. password... log on, 3. search engine, 4. download,
5. surfing, 6. on-line.

*Grammaire*

Souhaits :

1. I wish he were here.

2. I wish I had money.

3. I wish she spoke (could speak) Spanish.

Regrets :

1. I wish I hadn't signed.

2. I wish I hadn't smoked.

3. I wish it hadn't been so short.

## Unit 10

*Application*

Dates

1. the eleventh of October nineteen forty seven / October the eleventh nineteen forty four

2. the thirty first of July nineteen seventy nine / July the thirty first nineteen seventy nine

3. the sixth of November nineteen forty six / November the sixth nineteen forty six

4. the first of January two thousand / January the first two thousand.

Heures

1. six o'clock / six pm

2. 3 o'clock in the morning / 3 am

3. quarter past twelve / twelve fifteen

4. five to / of twelve / eleven fifty five / five minutes to midnight

5. ten to six / five fifty / seventeen fifty (horaire)

*Grammaire*

1. on, 2. in, 3. in, 4. at, 5. at, 6. at, 7. in, 8. in, 9. at, on, 10. at.

*Devinettes* (riddles) :

– Today.

– The sailor goes to sea, the clocks cease to go.

– A clock.

## Unit 11

*Application*

a. nineteen thousand eight hundred and forty one

b. four point two

c. five eighth

d. six thousand three hundred and one

e. twelve tenth

f. ten point thirty five

g. twenty eight per cent / percent

h. oh-two-five-six-two-three-four-oh-double seven

i. one thousand and one.

*Grammaire*
1. How many, 2. How much, 3. How many, 4. How many,
5. How much.

*Devinette* (riddle)
Number 6.

## Unit 12

*Application*
1. booklet, 2. invoice, 3. agenda, 4. label, 5. receipt, 6. diary, 7.
patent, 8. brochure, 9. report, 10. ledger, 11. minutes, 12. form,
13. contract, 14. resume, 15. leaflet.

```
      9
      R                                    R
      E                                    E
      P                                    S
B O O K L E T I       11      12           U
R   R   E             M       F     13 M
O   T   D         2 I N V O I C E    15
C     A G E N D A 3 N       R     O 14  L
H     E           U       M       N     E
U   5 R E C E I P T               T 4 L A B E L
R                 E 6 D I A R Y         F
E                 S         A           L
8                           C           E
                      7 P A T E N T
```

*Grammaire*

Courageous, reasonable, powerful, constructive, washable, beautiful, famous, sunny, interesting, monthly, replaceable, Japanese, musical, graceful, trendy, colourful, careful, careless, childish, agressive.

## Unit 13

*Application*

1. We are looking forward to receiving your order.
2. We would be grateful if you could send us your catalogue.
3. Thank you for your letter of April 30th.
4. We acknowledge receipt of your letter of July 31st.
5. Feel free to contact us if you need further information.
6. Let us know if you need more information about our products.

*Grammaire*

1. am going, 2. play, 3. are you doing, 4. is boiling, 5. leaves, 6. drink, 7. am seing, 8. is sitting.

## Unit 14

*Application*

1. We are sending you under separate cover our catalogue and price-list.
2. We apologize for the delay.
3. We are looking forward to receiving your mail.
4. We would be interested if you could send us further details about your new range of products.
5. Please accept our apologies for the delay.
6. Could you please confirm your order?

*Grammaire*

1. What an, 2. How , 3. What, 4. so, 5. such, 6., 7. What.

*Devinette* (riddle)

Nothing, it shuts up. (jeu de mots sur "shut up", qui signifie « se fermer » et « fermer sa gueule » en argot)

**Unit 15**

*Application*

1. f, 2. g, 3. h, 4. c, 5. i, 6. j, 7. d, 8. k,9. e,10. a, 11. b.

1. i, 2. j, 3. h, 4. b, 5. f, 6. e, 7. c, 8. g, 9. a, 10. d.

*Grammaire*

1. What time do you usually go for lunch?

2. He has always worked in the same company.

3. Mr Stunt hardly ever gets angry.

4. I usually address my employees on Monday.

5. Sam negociates deals very well.

6. He doesn't do business with this company at all.

7. The account manager never decides on projects.

8. The employees like their job very much.

9. Mary has rarely given me good advice.

10. Our manager never calls meetings on Mondays.

11. He is always satisfied with the situation.

12. The clients will probably be visiting the company.

13. She typed the letter fast.

**Unit 16**

*Application*

1. inaccurate, 2. unskilled, 3. optional, 4. illegal, 5. unexpected, 6. unprofitable.

*Grammaire*

Unproductive, untransmittable, uninformed, whitish, irreplaceable, uninteresting, unskilled, reddish, disoriented, unusual, unsufficient.

**Unit 17**

*Application*

1. back, 2. up, 3. through, 4. on behalf of, 5. on, 6. in.

*Grammaire*

1. Would you mind repeating?

2. He likes / loves / enjoys speaking on the phone for hours.

3. It's no use coming back tomorrow.

4. I don't mind calling him back later.

5. He stopped / gave up smoking.

6. I can't stand waiting for hours.

7. I am looking forward to receving your message.

8. I am not used to speaking English on the phone.

9. I avoid calling too early in the morning.

## Unit 18

*Application*

– Hello, Coco&Co.

– Hello! Can I speak to Mrs Wells please?

– Who's calling?

– This is Jason Freak.

– Hold on. I'll see if she's in.

– Hello I'm sorry. Mrs Wells is in a meeting at the moment.

– When will she be free (available)?

– She said she'd be free (available) at 6:30. Do you want to leave a message?

– Can you let her know I have called and tell her to call me?

– Yes, of course. I'll give her the message and ask her to call you as soon as she is free.

– Thank you very much.

– You're welcome.

*Grammaire*

1. He may call.

2. He might have broken the plate.

3. John may have known more about it.

4. She might have been busy.

He may come at 8.

She might stay in London.

## Unit 19

*Application*

1. I have been cut off.

2. There is no reply.

3. The line is dead (out of order), I can't get through.

4. I didn't get it right.

5. I have dialed the wrong number.

6. I'm on another line.

7. The line is bad (it is a bad connection).

8. My battery is low, we are going to be cut off.

9. I can't hear you.

10. I can't get through to Steven.

*Grammaire*

1. much, 2. many, 3. many, 4. much, 5. many.

1. a little, 2. little, 3. a few, 4. few.

## Unit 20

*Application*

1. Did you have a nice flight?

2. Go to the check-in counter.

3. The plane will take off as scheduled.

4. How long are you staying here?

5. We would like to book three return tickets.

6 Fasten your seat belts, please.

7. Let me know what time your train arrives.

8. Paul will meet you at the airport.

9. We are looking forward to meeting you all / We are all looking forward to meeting you.

10. Don't forget to buy your return ticket.

*Grammaire*

1.Trips are shorter and shorter.

2. And prices are less and less expensive (lower and lower).

3. Passengers travel with fewer and fewer suitcases.

4. He has less and less time to travel.

5. More and more people speak English.

## Unit 21

*Application*

1. book, 2. check out, 3. fill in ... registration form, 4. included, 5. double room ... bath, 6. available, 7. facilities, 8. front desk, 9. get, 10. vacancies.

*Grammaire*
1. fill it in, 2. pick him up, 3. them, 4. put it on, 5. her, 6. push it back.

## Unit 22
*Application*
1. e, 2. g, 3. f, 4. b, 5. k, 6. d, 7. c, 8. i, 9. a, 10. h, 11. j.

*Grammaire*
1. who, 2. ø, 3. whose, 4. that, 5. ø.

## Unit 23
*Grammaire*
application, refusal, enrollment, imagination, creation, improvement, appearance, knowledge, pressure, upbringing, reduction, exclamation, proposal, training, management, employee / employment, renewal.

## Unit 24
*Application*
1. c, 2. g, 3. f, 4. d, 5. b, 6. e, 7. a.

*Grammaire*
1. could, 2. for, 3. finds, 4. would, 5. implement / set up, 6. meeting / interview.

## Unit 25
*Application*
Chairman
CEO (Chief Executive Officer) / Managing Director
Finance Director
Human Resource Director
Marketing Manager
Sales Director
Chief accountant
Training Manager

*Grammaire*

1. with, 2. for, 3. in, 4. from, 5. of, 6. in, 7. for, 8. with, 9. at, 10. with, 11. about, 12. at / by, 13. to, 14. of, 15, 16. on.

## Unit 26

*Application*

1. agenda, 2. minutes, 3. take place, 4. chair, 5. attend, 6. items, 7. called.

*Grammaire*

1. I am convinced it is a good idea.

I am sure he is making the right decision.

I have no doubt we'll increase the sales.

2. It is clear to me you will miss your friends.

As I see it, it is a very big change.

In my opinion, you will regret your choice.

I tend to think it is too early to change your life.

## Unit 27

*Application*

1. skip, 2. deadline, 3. missing, 4. take... up, 5. view / opinion, 6. getting at.

*Grammaire*

1. I don't like working with Mr Bore.
2. He hates it when we repeat.
3. He loves the Loire castles.
4. I can't stand getting up too early in the morning.
5. He enjoys smoking a cigar once in a while.

## Unit 28

*Application*

Let me clarify one point.

Let's recap.

You're right.

I totally disagree with you.
Let me think. / Well…
I think I have covered everything.
Thank you all for coming.

*Grammaire*
1. We'd rather take the train.
2. He'd rather not make the presentation alone (on his own).
3. I prefer the city to the country.
4. I prefer this desk (ou office = pièce).
5. I'd rather come back tonight than sleep in London.
6. He'd rather you translated the text.

*Devinette* (riddle)
Smiles because there is a mile between the first and the last letter.

## Unit 29
*Application*
1. to, 2. for, 3. in … of , 4. for, 5. on, 6. at, 7. on, 8. into, 9. with, 10. to.

*Grammaire*
1. whereas, 2. in order to, 3. despite, 4. although, 5. in spite of.

## Unit 30
*Application*
1. turn, 2. come, 3. discuss / consider, 4. summarize / go over / sum up, 5. covered, 6. drawn.

*Grammaire*
1. Unless, 2. provided, 3. provided, 4. Even though, 5. in order to.

## Unit 31
*Application*
1. considerable rise, 2. rapid slump, 3. sudden decrease, 4. significant drop, 5. dramatic fluctuation.

*Grammaire*

1. It will lead to lower salaries. A shorter working week will result in more free time.
2. Lower salaries will lead to a lower standard of living. It will result in demonstrations and strikes.
3. More trainings will mean developing new skills and competence; consequently, employees will apply for better positions.

## Unit 32

*Application*

1. c, 2. d, 3. e, 4. b, 5. a, 6. f.

*Grammaire*

1. I totally disagree. / We can't accept that. / I'm totally against it.
2. I agree with you. / That's a great idea. I'm in favour of that.

## Unit 33

*Application*

1. I can't agree to that proposal.
2. I'm afraid I'll have to consider breaking our contract.
3. That looks fine.
4. We need some time to think it over.
5. Let's go over the points we have agreed on.

*Grammaire*

1. I suggest we discuss this point at another meeting.
2. How about meeting more often?

## Unit 34

*Application*

1. f, 2. i, 3. k, 4. l, 5. g, 6. b, 7. c, 8. m, 9. a, 10. d, 11. h, 12. j, 13. e.

*Grammaire*

1. yours, 2. his / her... her, 3. his... his, 4. my ... his, 5. yours, 6. theirs.

## Unit 35

*Grammaire*

1. have graduated, 2. graduated, 3. got, 4. has never worked,
5. has been working, 6. have received, 7. received, 8. have been,
9. has been, 10. studied.

## Unit 36

*Application*

Dear Mr Dwight,

I am writing in response to your advertisement for a junior
secretary.

I worked at Secretary systems for 2 years.

I have the usual secretarial skills and I am familiar with most
computer systems.

I am fluent in English.

I have a strong sense of organization and I enjoy working in a
team.

I am sure my qualifications will be of interest to you.

As I am single I am ready to commit myself to my work.

I look forward to hearing from you soon.

Sincerely yours,

*Grammaire*

1. g, 2. j, 3. h, 4. m, 5. c, 6. e, 7. n, 8. p, 9. k, 10. l, 11. d, 12. b,
13. q, 14. i, 15. a, 16. o, 17. f.

## Unit 37

*Application*

Untrustworthy, bad-tempered, rude, dishonest, outspoken,
inconsiderate, lenient, vain, unfriendly, unpleasant, dissatisfied,
hypocritical, broad-minded.

*Grammaire*

1. You can't do whatever you want here.

2. There are several books on the shelf; take whichever you want.

3. Whoever is hungry can help himself.

4. Wherever I am, I feel at home.

5. Come whenever you can.

**Unit 38**

*Application*

1. a, 2. b, 3. a, 4. b, 5. b, 6. a, 7. b, 8. b, 9. b, 10. a.

*Grammaire*

1. she used to smoke.

2. he used to be active and hardworking.

3. they used to be rich.

4. they used to manufacture the furniture.

5. they used to live near the city centre.

**Unit 39**

*Application*

1. i, 2. k, 3. a, 4. h, 5. l, 6. o, 7. m, 8. d, 9. f, 10. n, 11. b, 12. c, 13. e, 14. g, 15. j.

*Grammaire*

1. How high is the Empire State Building? / What is the height of the Empire State Building?

2. How wide is the case (box)? / What is the width of the case?

3. How long is the Thames? / What is the length of the Thames?

4- How deep is the container? / What is the depth of the container?

**Unit 40**

*Application*

1. consignment, 2. damage, 3. loading, 4. container, 5. truck, 6. consignee, 7. delivery, 8. freight, 9. bulky, 10. loss, 11. goods, 12. trucker, 13. trailer, 14. rail.

| T | R | C | O | N | T | A | I | N | E | R | D |
|---|---|---|---|---|---|---|---|---|---|---|---|
| C | O | N | S | I | G | N | M | E | N | T | A |
| L | C | O | N | S | I | G | N | E | E | F | M |
| O | A | R | A | I | L | L | O | S | S | R | A |
| A | K | N | G | O | O | D | S | S | P | E | G |
| D | C | O | R | T | B | U | L | K | Y | I | E |
| I | U | A | T | R | A | I | L | E | R | G | T |
| N | R | D | E | L | I | V | E | R | Y | H | I |
| G | T | T | R | U | C | K | E | R | O | T | N |

Le mot à trouver est le mot américain TRANSPORTATION.

*Grammaire*
2. isn't in, 2. Come back, 3. has broken down. 4. check out,
5. do without, 6. get on.

## Unit 41
*Application*
1. COD, 2. cash, 3. cheap, 4. cancel, 5. confirm, 6. carriage,
7. complaint, 8. catalogues.

*Grammaire*
1. It hasn't stopped yet.
2. We haven't left yet.
3. The meeting hasn't finished yet.
4. He hasn't called yet.
5. She hasn't found a husband yet.

## Unit 42
*Application*
1. n, 2. l, 3. m, 4. f, 5. c, 6. p, 7. a, 8. b, 9. d, 10. e, 11. i, 12. h,
13. j, 14. o, 15. k, 16. g.

*Grammaire*
1. We'll send you the check / cheque as soon as we receive
the invoice.
2. I'll give you a refund when you show me the receipt.
1. will be, 2. is closing, 3. will get, 4. will leave, 5. am working.

## Unit 43

*Application*

1. valid, 2. submit, 3. premium, 4. against, 5. indemnify, 6. liability, 7. broker, 8. settlement , 9. policy holders, 10. assessor ... assess, 11. life insurance.

*Grammaire*

1. some, 2. something, 3. some, 4. anything, 5. any, 6. any, 7. any, 8. something, 9. any, 10. anything.

## Unit 44

*Application*

1. g, 2. h, 3. f, 4. j, 5. c, 6. a, 7. d, 8. b, 9. e, 10. i.

*Grammaire*

1. many, 2. much ... much ... many, 3. much, 4. many, 5. many.

## Unit 45

*Application*

1 1, 2. 2, 3. 3, 4. 1, 5. 3, 6. 2, 7. 2, 8. 3, 9. 3, 10. 1, 11. 3, 12. 2(GB) / 3(US), 13. 1, 14. 1, 15. 3, 16. 1, 17. 4, 18. 2, 19. 2, 20. 3, 21. 2, 22. 4, 23. 1, 24. 2, 25. 3, 26. 2, 27. 2.

*Grammaire*

1. We can meet either on Monday or on Wednesday.
2. Neither James nor Jason came to / attended the meeting.
3. He can neither read nor write.
4. My project or his / her project? Either (one).
5. Would you like / Do you want fish or chicken? Neither.

## Unit 46

*Application*

BELOW THE LINE: advertising, leaflet, packaging, posters, vehicles, point of sale advertising, events, billboards, fliers, displays.
ABOVE THE LINE: mass media advertising, on-line advertising, radio, TV, cinema, newspapers, magazine.

*Grammaire*

1. Do me a favor, could you translate this agenda?
2. He made arrangements to arrive / get early to the meeting of the Board / Board meeting.

3. What the Managing Director / CEO said / has said made sense.

4. They did business together.

5. Getting some fresh air will do you good.

6. He can be here at 4 or 5, it won't make any change.

7. He only did his duty.

8. Let's make the right decision, let's sign the agreement today.

9. Make an effort: give / grant us a 10% discount.

## Unit 47

*Application*

1. f, 2. h, 3. j, 4. a, 5. d, 6. k, 7. e, 8. l, 9. b, 10. i, 11. g, 12. c.

*Grammaire*

1. Can you do without weekly meetings?

2. Jane, make sure the meeting will take place in Milan.

3. She did the housework, the dishes, she made the beds and dinner.

4. This manager doesn't have any / has no sense of humour, you must do without.

5. He hates / can't stand making trouble.

6. Sorry, you'll have to do it over.

7. Could / Can you do something for my nephew?

8. Monday or Tuesday, it doesn't make any difference to us.

## Unit 48

*Application*

1. g, 2. d, 3. f, 4. h, 5. i, 6. c, 7. b, 8. e, 9. a.

*Grammaire*

2. who / that / ø, 2. which, 3. who / that / ø, 4. which, 5. ø / that.

## Unit 49

*Application*

1. f, 2. h, 3. i, 4. a, 5. b, 6. c, 7. d, 8. e, 9. g.

*Traduction :*

1. The articles whose price went down (decreased)

2. What he bought (has bought) surprised his wife.

3. Everything that is in the shop-window is on sale.

*Grammaire*

1. After he was laid off / made redundant / his redundancy / his lay-off, he had a nervous breakdown.
2. Did you have / have you had a nice day?
3. I'll only (just) have a salad.
4. Have some more fish.
5. We had tea with the Mallets.
6. Alice has a piano lesson every Thursday.
7. Have a look at these documents!
8. What time do you have dinner?

*Devinettes* (riddles)

– one is 7up (seven up), the other is savin' up (7 up = marque de soda , *saving up*: économiser) (jeu de mots et de sons).
– pretense (prétention) (jeu de mots entre « tense », temps grammatical , et « pretense »).

## Unit 50

*Application*

CURRENT ASSETS: cash, shares, bonds, inventories
FIXED ASSETS: buildings, properties, land, investments
INTANGIBLE ASSETS: goodwill, brands

CONSOLIDATED BALANCE SHEET

| ASSETS | LIABILITIES |
|---|---|
| Intangible assets | Share capital |
| Tangible assets | Shareholder's equity |
| Long-term investments | Other equity : |
| Total fixed assets: | Provisions for liabilities |
| Advance payments to suppliers | Provisions for charges |
| Stock in progress | Provisions for deterred taxes |
| Cash | |
| Total current assets | Long-term bank debt |
| Allocated expenses | Total liabilities |
| Total assets | Total shareholder's equity and liabilities |

*Grammaire*

1. If you are so sleepy, go to bed early.
2. Our new ship is 15 meters long.

3. The Chief Financial Officer is often wrong.
4. He is lucky to go abroad so often.
5. It's very cold in our office in winter.
6. Can you switch / turn on the light , it's dark in here?
7. Our new president / chairman is only 32 (years old)!

## Unit 51

*Application*

Investment, quotation, analysis, addition, connection, explanation, knowledge, beginning, information, instruction, growth, requirement, understanding, difference, delivery, production, satisfaction, variety, complaint, management, selling, leader.

*Grammaire*

1. Everything, 2. The whole, 3. all, 4. every, 5. Every, 6. all.

## Unit 52

*Application*

1. slack, 2. merger, 3. taxation, 4. growth, 5. takeover, 6. rate, 7. tax, 8. bracket, 9. boost

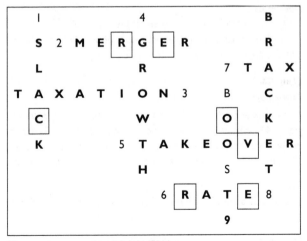

The mystery word is: RECOVERY.

*Grammaire*

1. She no longer works here / She doesn't work here any more.
2. We have no more gas / petrol / We don't have any more gas.
3. He no longer fills in his tax form alone / He doesn't fill in his tax form alone any more.
4. I no longer want it / I don't want it any more.
5. He no longer travels by train / He doesn't travel by train any more.
6. They no longer buy Coco&Co shares / stocks / They don't buy Coco&Co shares any more.

## Unit 53

*Application*

1. h, 2. d, 3. f, 4. e, 5. i, 6. j, 7. g, 8. c, 9. b, 10. a.

*Grammaire*

2. tomorrow's newspaper, 2. the team's work, 3. the company policy, 4. the Chairman's assistant, 5. yesterday's meeting, 6. three weeks' delay, 7. Jason's computer, 8. the lawyer's office, 9. five minutes' wait, 10. next week's trip.

*Devinettes*

– One is "justice" and the other one is "just ice".
– one is mad bunny (*bunny* = petit nom pour *rabbit*: lapin), the other is bad money (jeu de mots et de sons).

## Unit 54

*Application*

1. retombées nucléaires, 2. réchauffement de la terre, 3. biologique, 4. forêt tropicale, 5. déchets, 6. effet de serre, 7. nappe de pétrole, 8. déverser / jeter, 9. militant, 10. déboisement, 11. sans plomb, 12. survie, 13. espèces en voie de disparition.

*Grammaire*

1. down, 2. down, 3. off, 4. off, 5. on, 6. for, 7. on, 8. up, 9. up, 10. up.

*Devinette* (riddle)

A river (ici *mouth* = embouchure).

## Unit 55

*Application*

1. g, 2. f, 3. h, 4. b, 5. j, 6. i, 7. a, 8. d, 9. c, 10. e.

*Grammaire*

1. A good piece of news has been broken.
2. A new manager has been appointed.
3. The report has been made public.
4. I was invited to the press conference.
5. An interesting commercial has been seen on TV.
6. The results of the election have been given.

*Devinette* (riddle)

A mirror.

## Unit 56

*Application*

1. correspondant, 2. coverage, 3. issue, 4. broadcast, 5. listeners.

*Grammaire*

1. ... not to use the office phone.
2. ... to call London.
3. ... I was always late.
4. ... he would go away for two months.
5. ... if I could come.
6. ... If I spoke Chinese.
7. ... what my name was.

*Devinettes* (riddles)

– A secret.
– The newspaper.

## Unit 57

*Application*

1. Dutch, the Dutch
2. Scotland, the Scots
3. China, Chinese

4. French, the French
5. Britain, the British
6. Denmark, Danish
7. Irish, the Irish
8. Finland, the Finns
9. Spain, Spanish

*Grammaire*

1. Don't come without an appointment.
2. As a father, I must support him.
3. We meet three times a week.
4. Mr Prince is a project Manager/Director.
5. He was driving at 130 kms an hour.
6. I must go home/leave, I have a headache.
7. If you are in a hurry, you'd better take a taxi.

# Remerciements

Parce qu'un livre n'est pas seulement l'œuvre de celui qui le signe, je tiens à remercier tous mes stagiaires qui, au fil de mes années d'enseignement, m'ont donné l'envie de rédiger cet ouvrage et ainsi répondre à leurs questions et à leurs besoins.

Merci tout particulièrement à Jean, Denis, Françoise, Marie, Christophe, Simon, Anne, Yvan, Bénédicte, Annie, Sandrine pour leur aide précieuse, leurs commentaires pertinents, leur relecture, leur soutien et leurs encouragements.

Merci à ma famille et à mes amis des deux côtés de l'Atlantique pour m'avoir appris très tôt qu'une langue n'a ni barrière ni frontière.

Le Livre de Poche s'engage pour
l'environnement en réduisant
l'empreinte carbone de ses livres.
Celle de cet exemplaire est de :
**800 g éq. $CO_2$**
Rendez-vous sur
www.livredepoche-durable.fr

PAPIER À BASE DE
FIBRES CERTIFIÉES

Composition réalisée par NORD COMPO

Achevé d'imprimer en janvier 2018, en France sur Presse Offset par
Maury Imprimeur - 45330 Malesherbes
N° d'imprimeur : 223653
Dépôt légal 1re publication : mai 2004
Édition 12 - janvier 2018
LIBRAIRIE GÉNÉRALE FRANÇAISE - 21, rue du Montparnasse - 75298 Paris Cedex 06